U0017896

台灣南島語言⑩

卑南語參考語法

黃美金◎著

台灣南島語言⑩

卑南語參考語法

作　　者／黃美金

發　行　人／王榮文

出版發行／遠流出版事業股份有限公司

　　　　　臺北市汀州路 3 段 184 號 7 樓之 5

　　　　　郵撥／0189456-1　　電話／2365-1212

　　　　　傳真／2365-7979

香港發行／遠流(香港)出版公司

　　　　　香港北角英皇道 310 號雲華大廈 4 樓 505 室

　　　　　電話／2508-9048　　傳真／2503-3258

　　　　　香港售價／港幣 83 元

法律顧問／王秀哲律師・董安丹律師

著作權顧問／蕭雄淋律師

2000 年 2 月 20 日　初版一刷

行政院新聞局局版臺業字第 1295 號

YL*ib* 遠流博識網

http://www.ylib.com.tw　　　E-mail: ylib@yuanliou.ylib.com.tw

《獻辭》

我們一同將這套叢書獻給台灣的原住民同胞，感謝他們帶給世人無比豐厚的感動。

我們也將這套叢書獻給李壬癸先生，感謝他帶領我們走進台灣原住民語言的天地，讓我們懂得怎樣去領受這份豐厚的感動。這套叢書同時也作為一份獻禮，恭祝李先生六十歲的華誕。

何大安　吳靜蘭　林英津　張永利　張秀絹
張郇慧　黃美金　楊秀芳　葉美利　齊莉莎

一同敬獻
中華民國 88 年 11 月 12 日

《台灣南島語言》序

　　她的美麗，大家都知道；所以人人稱她「福爾摩莎」。美麗的事物，應當珍惜；所以作者們合寫了這一套叢書。

　　聲音之中，母親的言語最美麗。這套叢書，正是爲維護台灣原住民的母語而寫的。解嚴以後，台灣語言生態的維護與重建，受到普遍的重視；母語教學的活動，也相繼熱烈的展開。教育部顧問室於是在民國 84 年，委託國立台灣師範大學英語系的黃美金教授規劃一部教材，以作爲與維護台灣原住民母語有關的教學活動的基礎參考資料。黃教授組織了一支高水準的工作隊伍，經過多年的努力，終於完成了這項開創性的工作。

　　台灣原住民的語言雖然很多，但是都屬於一個地理分布非常廣大的語言家族，我們稱爲「南島語族」。從比較語言學的觀點來說，台灣南島語甚至是整個南島語中最具存古特徵、也因此是最足珍貴的一些語言。然而儘管語言學家對台灣南島語的研究持續不斷，他們研究的多半是專門的問題，發表的成果也多半以外文爲之，同時研究的深度也各個語言不一；因此都不適合直接用於母語教學。這套叢書的編寫，等於是一個全新的開始：作者們親自調查

語言、親自分析語言；也因此提出了一個全新的呈現：一致的體例、相同的深度。這在台灣原住民語言的研究和維護上，是一項創舉。

現在我把這套叢書的作者和他們各自撰寫的語言專書列在下面，向他們致上敬意與謝意：

黃美金教授	泰雅語、卑南語、邵語
林英津教授	巴則海語
張郇慧教授	雅美語
齊莉莎教授	鄒語、魯凱語、布農語
張永利教授	噶瑪蘭語、賽德克語
葉美利教授	賽夏語
張秀絹教授	排灣語
吳靜蘭教授	阿美語

也謝謝他們的好意，讓我與楊秀芳教授有攀附驥尾的榮幸，合寫這套叢書的「導論」。我同時也要感謝支持這項規劃案的教育部顧問室陳文村主任，以及協助出版的遠流出版公司。台灣原住民的語言，不止上面所列的那些；母語維護的工作，也不僅僅是出版一套叢書而已。不過，涓滴可以匯成大海。只要有心，只要不間斷的努力，她的美麗，終將亙古如新。

何大安　謹序
教育部諮議委員
中央研究院研究員
民國 88 年 11 月 12 日

語言、知識與原住民文化

　　研究語言的學者大都同意：南島語言是世界上分佈最廣的語族，而台灣原住民各族的族語則保留了南島語最古老的形式，它是台灣最寶貴的文化資產。

　　然而由於種種歷史因果的影響，十九世紀末，廣泛的平埔族各族語言，因長期漢化的緣故，逐漸喪失了活力；而花蓮、台東一帶，以及中央山脈兩側所謂的原住民九族地區，近百年來，則由於日本及國府國族中心主義之有效統治，在社會、經濟、文化、風俗習慣、生活方式乃至主體意識等各方面都發生了前所未有的結構性改變，原住民各族的語言生態，因而遭到嚴重的破壞。事隔一百年，台灣原住民各族似乎也面臨了重蹈平埔族覆轍之命運，喑啞而漸次失語。

　　語言的斷裂不只關涉到文化存續的問題，還侵蝕了原住民的主體世界。祖孫無法交談，家族的記憶和情感紐帶難以銜接；主體無能以族語說話，民族的認同失去了強而有力的憑藉。語言的失落，事實上也是一個民族的失落，他失去了他存有的安宅。除非清楚地認識這一點，我們無法真正地瞭解當代原住民精神世界苦難的本質。

　　四百年來，對台灣原住民語言的記錄和研究並不完全是空白的。荷蘭時代和歷代熱心傳教的基督教士，為我們留下了斷斷續續的線索。他們創制了拼音文字，翻譯族語聖經，記錄了原住民的歌謠。日據時代，更有大量的人類學田野記錄，將原住民的神話傳說、文化風習保存了下來。然而後來關鍵的這五十年，由於特殊的政治和歷史環境，台灣的學術界從未將目光投注到這些片段的文獻上，不但沒有持續進行記錄的工作，甚至將前人的研究束諸高閣，連消化的興趣都沒有。李壬癸教授多年前形容自己在南島語言研究的旅途上，是孤單寂寞，是千山我獨行；這種心情，常讓我聯想到自己民族的黃昏處境，寂寥空漠、錐心不已。

　　所幸民國六十年代起，台灣本土化意識漸成主流，原住民議題浮上歷史抬面，有關原住民的學術研究也成為一種新的風潮。我們是否可以因而樂觀地說：「原住民學已經確立了呢？」我認為要回答這個提問，至少必須先解決三個問題：

　　第一，　前代文獻的校讎、研究與消化。過去零星的資料和日據時代田野工作的成果，基礎不一、良莠不齊，需要我們以新的方法、眼光和技術，進行校勘、批判和融會。

　　第二，　對種種意識型態的敏感度及其超越。民國六十年代以來，台灣原住民文化、歷史的研究頗為蓬勃。原

住民知識體系的建構，隨著台灣的政治意識型態的發展，也形成了若干知識興趣。先是「政治正確」的知識，舉凡符合各自政治立場的原住民文化、歷史論述，即成為原住民知識。其次是「本土正確」的知識，以本土性作為知識建構的前提或合法性基礎的原住民知識。最後是「身份正確」的知識，越來越多的原住民作者以第一人稱的身份發言，並以此宣稱其知識的確實性。這三種知識所撐開的原住民知識系統，各有其票面價值，但對「原住民學」的建立是相當有害的。我們必須保持對這些知識陷阱的敏感度並加以超越。

第三，原住民經典的彙集。過去原住民知識之所以無法累積，主要是因為原典沒有確立。典範不在，知識的建構便沒有源頭，既無法返本開新，也難以萬流歸宗。如何將原住民的祭典文學、神話傳說、禮儀制度以及部落歷史等等刪訂集結，實在關係著原住民知識傳統的建立。

不過，除了第二點有關意識型態的問題外，第一、三點都密切地關聯到語言的問題。文獻的校勘、注釋、翻譯和原住民經典的整理彙編，都歸結到各族語言的處理。這當中有拼音文字之確定問題，有各族語言音韻特徵或規律之掌握問題，更有詞彙結構、句法結構的解析問題；充分把握各族的語言，上述兩點的工作才可能有堅實的學術基礎。學術挺立，總總意識型態的糾纏便可以有客觀、公開的評斷。

　　基於這樣的理解，我認為《台灣南島語言》叢書的刊行，標誌著一個新的里程碑，它不但可以有效地協助保存原住民各族的語言，也可以促使整個南島語言的研究持續邁進，並讓原住民的文化或所謂原住民學提昇到嚴密的學術殿堂。以此為基礎，我相信我們還可以進一步編訂各族更詳盡的辭典，並發展出一套有用的族語教材，為原住民語言生態的復振，提供積極的條件。

　　沒有任何人有權力消滅或放棄一個語言，每一族母語都是祖先的恩賜。身為原住民的一份子，面對自己語言的殘破狀況，雖說棋局已殘，但依舊壯心不已。對所有本叢書的撰寫人，以及不計盈虧的出版家，恭敬行禮，感佩至深。

孫大川　謹序

行政院原住民委員會副主任委員

民國 89 年 2 月 3 日

目　錄

圖 表 目 錄

語音符號對照表

下表為本套叢書各書中所採用的語音符號，及其相對的國際音標、國語注音符號對照表：

	本叢書採用之符號	國際音標	相對國語注音符號	發 音 解 說	出處示例
元 音	i	i	ㄧ	高前元音	阿美語
	ʉ	ʉ	ㄜ	高央元音	鄒語
	u	u	ㄨ	高後元音	邵語
	e	e	ㄝ	中前元音	泰雅語
	oe	œ		中前元音	賽夏語
	e	ə	ㄜ	中央元音	鄒語
	o	o	ㄛ	中後元音	泰雅語
	ae	æ		低前元音	賽夏語
	a	a	ㄚ	低央元音	阿美語
輔 音	p	p	ㄅ	雙唇不送氣清塞音	賽夏語
	t	t	ㄉ	舌尖不送氣清塞音	賽夏語
	c	ts	ㄗ	舌尖不送氣清塞擦音	泰雅語
	T	ʈ		捲舌不送氣清塞音	卑南語
	t́	c		硬顎清塞音	叢書導論
	tj				排灣語
	k	k	ㄍ	舌根不送氣清塞音	賽夏語
	q	q		小舌不送氣清塞音	泰雅語
	'	ʔ		喉塞音	泰雅語
	b	b		雙唇濁塞音	賽德克語
		ɓ		雙唇濁前帶喉塞音	鄒語

	本叢書採用之符號	國際音標	相對國語注音符號	發 音 解 說	出處示例
輔	d	d		舌尖濁塞音	賽德克語
		ɗ		舌尖濁前帶喉塞音	鄒語
	D	ɖ		捲舌濁塞音	卑南語
	ɖ	ɟ		硬顎濁塞音	叢書導論
	dj				排灣語
	g	g		舌根濁塞音	賽德克語
	f	f	ㄈ	唇齒清擦音	鄒語
	th	θ		齒間清擦音	魯凱語
	s	s	ㄙ	舌尖清擦音	泰雅語
	S	ʃ		齦顎清擦音	邵語
	x	x	ㄏ	舌根清擦音	泰雅語.
	h	χ		小舌清擦音	布農語
		h	ㄏ	喉清擦音	鄒語
	b	β		雙唇濁擦音	泰雅語
	v	v		唇齒濁擦音	排灣語
	z	ð		齒間濁擦音	魯凱語
		z		舌尖濁擦音	排灣語
	g	ɣ		舌根濁擦音	泰雅語
	R	ʁ		小舌濁擦音	噶瑪蘭語
	m	m	ㄇ	雙唇鼻音	泰雅語
	n	n	ㄋ	舌尖鼻音	泰雅語
音	ng	ŋ	ㄥ	舌根鼻音	泰雅語
	d			舌尖清邊音	阿美語
	l	ɬ			魯凱語
	L				邵語
	l	l	ㄌ	舌尖濁邊音	泰雅語
	L	ɭ		捲舌濁邊音	卑南語

	本叢書採用之符號	國際音標	相對國語注音符號	發 音 解 說	出處示例
輔音	ʎ	ʎ		硬顎邊音	叢書導論
	lj				排灣語
	r	r		舌尖顫音	阿美語
		ɾ		舌尖閃音	噶瑪蘭語
	w	w	ㄨ	雙唇滑音	阿美語
	y	j	ㄧ	硬顎滑音	阿美語

南島語與台灣南島語

何大安　楊秀芳

一、南島語的分布

　　台灣原住民的語言，屬於一個分布廣大的語言家族：「南島語族」。這個語族西自非洲東南的馬達加斯加，東到南美洲西方外海的復活島；北起台灣，南抵紐西蘭；橫跨了印度洋和太平洋。在這個範圍之內大部分島嶼—新幾內亞中部山地的巴布亞新幾內亞除外—的原住民的語言，都來自同一個南島語族。地圖 1（附於本章參考書目後）顯示了南島語族的地理分布。

　　南島語族中有多少語言，現在還很不容易回答。這是因為一方面語言和方言難以分別，一方面也還有一些地區的語言缺乏記錄。不過保守地說有 500 種以上的語言、使用的人約兩億，大概是學者們所能同意的。

　　南島語是世界上分布最廣的語族，佔有了地球大半的洋面地區。那麼南島語的原始居民又是如何、以及經過了

多少階段的遷徙，才成爲今天這樣的分布狀態呢？

根據考古學的推測，大約從公元前 4,000 年開始，南島民族以台灣爲起點，經由航海，向南遷徙。他們先到菲律賓群島。大約在公元前 3,000 年前後，從菲律賓遷到婆羅洲。遷徙的隊伍在公元前 2,500 年左右分成東西兩路。西路在公元前 2,000 年和公元前 1,000 年之間先後擴及於沙勞越、爪哇、蘇門答臘、馬來半島等地，大約在公元前後橫越了印度洋到達馬達加斯加。東路在公元前 2,000 年之後的一千多年當中，陸續在西里伯、新幾內亞、關島、美拉尼西亞等地蕃衍生息，然後在公元前 200 年進入密克羅尼西亞、公元 300 年到 400 年之間擴散到夏威夷群島和整個南太平洋，最終在公元 800 年時到達最南端的紐西蘭。從最北的台灣到最南的紐西蘭，這一趟移民之旅，走了 4,800 年。

台灣是否就是南島民族的起源地，這也是個還有爭論的問題。考古學的證據指出，公元前 4,000 年台灣和大陸東南沿海屬於同一個考古文化圈，而且這個考古文化和今天台灣的原住民文化一脈相承沒有斷層，顯示台灣原住民居住台灣的時間之早、之久，也暗示了南島民族源自大陸東南沿海的可能。台灣爲南島民族最早的擴散地，本章第三節會從語言學的觀點加以說明。但是由於大陸東南沿海並沒有南島語的遺跡可循，這個地區作爲南島民族起源地的說法，目前卻苦無有力的語言學證據。

何以能說這麼廣大地區的語言屬於同一個語言家族呢？確認語言的親屬關係，最重要的方法，就是找出有音韻和語義對應關係的同源詞。我們可以拿台灣原住民的排灣語、菲律賓的塔加洛語、和南太平洋斐濟共和國的斐濟語為例，來說明同源詞的比較方法。表 0.1 是這幾個語言部份同源詞的清單。

表 0.1 排灣語、塔加洛語、斐濟語同源詞表

	原始南島語	排 灣 語	塔加洛語	斐 濟 語	語 義
1	*dalan	ɗalan	daán	sala	路
2	*ɗamaɦ	ka-ɗama-ɗama-n	damag	ra-rama	火炬；光
3	*ɗanau	ɗanaw	danaw	nrano	湖
4	*jataɦ	ka-daɗa-n	latag	nrata	平的
5	*ɗusa	ɗusa	da-lawá	rua	二
6	*-inaɦ	k-ina	ina	t-ina	母親
7	*kan	k-əm-an	kain	kan-a	吃
8	*kagac	k-əm-ac	k-ag-at	kat-ia	咬
9	*kaśuy	kasiw	kahoy	kaðu	樹；柴
10	*vəlaq	vəlaq	bila	mbola	撕開
11	*qudaĺ	qudaĺ	ulán	uða	雨
12	*təbus	təvus	tubo	ndovu	甘蔗
13	*ʈalis	calis	taali?	tali	線；繩索
14	*tuduq	ʈ-aĺ-uɗuq-an	túro?	vaka-tusa	指；手指

15	*unəm	unəm	ʔa-nʔom	ono	六
16	*walu	alu	walo	walu	八
17	*maca	maca	mata	mata	眼睛
18	*daga[]¹	ɗaq	dugoʔ	nraa	血
19	*baquɦ	vaqu-an	báago	vou	新的

　　表 0.1 中的 19 個詞，三種語言固然語義接近，音韻形式也在相似中帶有規則性。例如「原始南島語」的一個輔音*t ，三種語言在所有帶這個音的詞彙中「反映」都一樣是「t̂：t：t」（如例 12 '甘蔗'、14 '指；手指'）；「原始南島語」的一個輔音*c，三種語言在所有帶這個音的詞彙中反映都一樣是「c：t：t」（如 8 '咬'、17 '眼睛'）。這就構成了同源詞的規則的對應。如果語言之間有規則的對應相當的多，或者至少多到足以使人相信不是巧合，那麼就可以判定這些語言來自同一個語言家族。

　　絕大多數的南島民族都沒有創製代表自己語言的文字。印尼加里曼丹東部的古戴、和西爪哇的多羅摩曾出土公元 400 年左右的石碑，不過上面所鑴刻的卻是梵文。在蘇門答臘的巨港、邦加島、占卑附近出土的四塊立於公元 683 年至 686 年的碑銘，則使用南印度的跋羅婆字母。這些是僅見的早期南島民族的碑文。碑文顯示的語詞和現代馬來語、印尼語接近，但也有大量的梵文借詞，可見兩種

¹ 在本叢書導論中凡有[ ]標記者，乃指該字音尾不明確。

文化接觸之早。現在南島民族普遍使用羅馬拼音文字，則
是 16、17 世紀以後西方傳教士東來後所帶來的影響。沒
有自己的文字，歷史便難以記錄。因此南島民族的早期歷
史，只有靠考古學、人類學、語言學的方法，才能作部份
的復原。表 0.1 中的「原始南島語」，就是出於語言學家
的構擬。

二、南島語的語言學特徵

南島語有許多重要的語言學特徵，我們分音韻、構詞、
句法三方面各舉一兩個顯著例子來說明。首先來看音韻。

觀察表 0.1 的那些同源詞，我們就可以發現：南島
語是一個沒有聲調的多音節語言。當然，這句話不能說得
太滿，例如新幾內亞的加本語就發展出了聲調。不過絕大
多數的南島語大概都具有這項共同特點，而這是與我們所
說的國語、閩南語、客語等漢語不一樣的。

許多南島語以輕重音區別一個詞當中不同的音節。這
種輕重音的分布，或者是有規則的，例如排灣語的主要重
音都出現在一個詞的倒數第二個音節，因而可以從拼寫法
上省去；或者是不盡規則的，例如塔加洛語，拼寫上就必
須加以註明。

詞當中的音節組成，如果以 C 代表輔音、V 代表元

音的話，大體都是 CV 或是 CVC。同一個音節中有成串
輔音群的很少。台灣的鄒語是一個有成串輔音群的語言，
不過該語言的輔音群卻可能是元音丟失後的結果。另外有
一些南島語有「鼻音增生」的現象，並因此產生了帶鼻音
的輔音群；這當然也是一種次生的輔音群。

　　大部分南島語言都只有 i、u、ə、a 四個元音和 ay、aw
等複元音。多於這四個元音的語言，所多出來的元音，多
半也是演變的結果，或者是可預測的。除了一些台灣南島
語之外，大部分南島語言的輔音，無論是數目上或是發音
的部位或方法上，也都常見而簡單。有些台灣南島語有特
殊的捲舌音、顎化音；而泰雅、排灣的小舌音 q，或是阿
美語的咽壁音ʔ，更不容易在台灣以外的南島語中聽到。
當輔音、元音相結合時，南島語和其他語言一樣，會有種
種的變化。這些現象不勝枚舉，我們就不多加介紹。

　　其次來看構詞的特點。表 0.1 若干同源詞的拼寫方
式告訴我們：南島語有像 ka-、ʔa-這樣的前綴、有-an、-a
這樣的後綴、以及有像-al-、-əm-這樣的中綴。前綴、後
綴、中綴統稱「詞綴」。以詞綴來造新詞或是表現一個詞
的曲折變化，稱作加綴法。加綴法，是許多語言普遍採行
的構詞法。像國語加「兒」、「子」、閩南語加「a」表示小
稱，或是客語加「兜」表示複數，也是一種後綴附加。不
過南島語有下面所舉的多層次附加，卻不是國語、閩南語、
客語所有的。

　　比方台灣的卡那卡那富語有 puacacaʉnʉkankiai 這個
詞，意思是‘（他）讓人走來走去’。這個詞的構成過程
如下。首先，卡那卡那富語有一個語義為‘路’的「詞根」
ca，附加了衍生動詞的成份 u 之後的 u-ca 就成了動詞‘走
路’。u-ca 經過一次重疊成為 u-ca-ca，表示‘一直走、不
停的走、走來走去’；u-ca-ca 再加上表示‘允許’的兩個
詞綴 p-和-a-，就成了一個動詞‘讓人走來走去’的基本形
式 p-u-a-ca-ca。這個基本形式稱為動詞的「詞幹」。詞幹
是動詞時態或情貌等曲折變化的基礎。p-u-a-ca-ca 加上後
綴-ʉnʉ，表示動作的‘非完成貌’，完成了動詞的曲折變
化。非完成貌的曲折形式 p-u-a-ca-ca-ʉnʉ-再加上表示帶有
副詞性質的‘直述’語氣的-kan 和表示人稱成份的‘第三
人稱動作者’的-kiai 之後，就成了 p-u-a-ca-ca-ʉnʉ-kan-kiai
‘（他）讓人走來走去’這個完整的詞。請注意，卡那卡
那富語‘路’的「詞根」ca 和表 0.1 的‘路’同根，讀者
可以自行比較。

　　在上面那個例子的衍生過程中，我們還看到了另一種
構詞的方式，就是重疊法。南島語常常用重疊來表示體積
的微小、數量的眾多、動作的反復或持續進行，甚至還可
以重疊人名以表示死者。相較之下，漢語中常見的複合法
在南島語中所佔的比重不大。值得一提的是太平洋地區的
「大洋語」中，有一種及物動詞與直接賓語結合的「動賓」
複合過程，頗為普遍。例如斐濟語中 an-i a dalo 是‘吃芋

頭'的意思,是一個動賓詞組,可以分析為[[an-i][a dalo]];
an-a dalo 也是 '吃芋頭',但卻是一個動賓複合詞,必須
分析為[an-a-dalo]。動賓詞組和動賓複合詞的結構不同。
動賓詞組中動詞 an-i 的及物後綴-i 和賓語前的格位標記 a
都保持的很完整,體現一般動詞組的標準形式;而動賓複
合詞卻直接以賓語替代了及物後綴,明顯的簡化了。

　　南島語句法上最重要的特徵是「焦點系統」的運作。
焦點系統是南島語獨有的句法特徵,保存這項特徵最完整
的,則屬台灣南島語。下面舉四個排灣語的句子來作說明。

1. q-əm-aĺup　　　　a mamazaŋiljan ta vavuy i gadu

　　[打獵-em-打獵　a 頭目　　　　ta 山豬　i 山上]

　　'「頭目」在山上獵山豬'

2. qaĺup-ən na　 mamazaŋiljan a vavuy i gadu

　　[打獵-en na　頭目　　　　　a 山豬　i 山上]

　　'頭目在山上獵的是「山豬」'

3. qa-qaĺup-an　　　na　mamazaŋiljan ta vavuy a gadu

　　[重疊-打獵-an　na　頭目　　　　ta 山豬　a 山上]

　　'頭目獵山豬的(地方)是「山上」'

4. si-qaĺup　na　mamazaŋiljan ta　vavuy a vaĺuq

　　[si-打獵　na　頭目　　　　ta　山豬　a 長矛]

　　'頭目獵山豬的(工具)是「長矛」'

　　這四個句子的意思都差不多,不過訊息的「焦點」不
同。各句的焦點,依次分別是:「主事者」的頭目、「受事

者」的山豬、「處所」的山上、和「工具」的長矛；四個
句子因此也就依次稱爲「主事焦點」句、「受事焦點」句、
「處所焦點」句、和「工具焦點（或稱指示焦點）」句。
讀者一定已經發現，當句子的焦點不同時，動詞「打獵」
的構詞形態也不同。歸納起來，動詞（表 0.2 用 V 表示
動詞的詞幹）的焦點變化就有表 0.2 那樣的規則：

表 0.2 排灣語動詞焦點變化

主 事 焦 點		V-əm-	
受 事 焦 點			V-ən
處 所 焦 點			V-an
工 具 焦 點	si-V		

除了表 0.2 的動詞曲折變化之外，句子當中作爲焦
點的名詞之前，都帶有一個引領主語的格位標記 a，顯示
這個焦點名詞就是這一句的主語。主事焦點句的主語就是
主事者本身，其他三種焦點句的主語都不是主事者；這個
時候主事者之前一律由表示領屬的格位標記 na 引領。由
於有這樣的分別，因此四種焦點句也可以進一步分成「主
事焦點」和「非主事焦點」兩類。照這樣看起來，「焦點
系統」的運作不但需要動詞作曲折變化，而且還牽涉到焦
點名詞與動詞變化之間的呼應，過程相當複雜。

以上所舉排灣語的例子，可以視爲「焦點系統」的代
表範例。許多南島語，尤其是台灣和菲律賓以外的南島語，
「焦點系統」都發生了或多或少的變化。有的甚至在類型

上都從四分的「焦點系統」轉變爲二分的「主動/被動系統」。這一點本章第三節還會說明。像台灣的魯凱語，就是一個沒有「焦點系統」的語言。

句法特徵上還可以注意的是「詞序」。漢語中「狗咬貓」、「貓咬狗」意思的不同，是由漢語的「詞序」固定爲「主語-動詞-賓語」所決定的。比較起來，南島語的詞序大多都是「動詞-主語-賓語」或「動詞-賓語-主語」，排灣語的四個句子可以作爲例證。由於動詞和主語之間有形態的呼應，不會弄錯，所以主語的位置或前或後，沒有什麼不同。但是動詞居前，則是大部分南島語的通例。

三、台灣南島語的地位

台灣南島語是無比珍貴的，許多早期的南島語的特徵，只有在台灣南島語當中才看得到。這裡就音韻、句法各舉一個例子。

首先請比較表 0.1 當中三種南島語的同源詞。我們會發現有兩點值得注意。第一，斐濟語每一個詞都以元音收尾。排灣語、塔加洛語所有的輔音尾，斐濟語都丟掉了。其實塔加洛語也因爲個別輔音的弱化，如*q＞ʔ、ø 或是*s＞ʔ、ø，也簡省或丟失了一些輔音尾。但是排灣語的輔音尾卻保持的很完整。第二，塔加洛語、斐濟語的輔音比排

灣語爲少。許多原始南島語中不同的輔音，排灣語仍保留
區別，但是塔加洛語、斐濟語卻混而不分了。我們挑選「*c：
*t」、「*í：*n」兩組對比製成表 0.3 來觀察，就可以看到
塔加洛語和斐濟語把原始南島語的*c、*t 混合爲 t，把*í、
*n 混合爲 n。

表 0.3 原始南島語*c、*t 的反映

原始南島語	排灣語	塔加洛語	斐濟語	表 0.1 中的同源詞例
*c	c	t	t	8 '咬'、17 '眼睛'
*t	t́	t	t	12 '甘蔗'、 14 '指'
*í	í	n	(n，字尾丟失)	11 '雨'
*n	n	n	n	3 '湖'、7 '吃'

我們認爲，這兩點正可以說明台灣南島語要比台灣以
外的南島語來得古老。因爲原來沒有輔音尾的音節怎麼可
能生出各種不同的輔音尾？原來沒有分別的 t 和 n 怎麼可
能分裂出 c 和 í？條件是什麼？假如我們找不出合理的條
件解釋生出和分裂的由簡入繁的道理，那麼就必須承認：
輔音尾、以及「*c：*t」、「*í：*n」的區別，是原始南島
語固有的，台灣以外的南島語將之合併、簡化了。

其次再從焦點系統的演化來看台灣南島語在句法上的
存古特性。太平洋的斐濟語有一個句法上的特點，就是及
物動詞要加後綴，並且還分「近指」、「遠指」。近指後綴
是-i，如果主事者是第三人稱單數則是-a。遠指後綴是-aki，
早期形式是*aken。何以及物動詞要加後綴，是一個有趣

的問題。

　　馬來語在形式上分別一個動詞的「主動」和「被動」。主動加前綴 meN-，被動加前綴 di-。meN-中大寫的 N，代表與詞幹第一個輔音位置相同的鼻音。同時不分主動、被動，如果所接的賓語具有「處所」的格位，動詞詞幹要加-i 後綴；如果所接的賓語具有「工具」的格位，動詞詞幹要加-kan 後綴。何以會有這些形式上的分別，也頗令人玩味。

　　菲律賓的薩馬力諾語沒有動詞詞幹上明顯的主動和被動的分別，但是如果賓語帶有「受事」、「處所」、「工具」的格位，在被動式中動詞就要分別接上-a、-i、和-ʔi 的後綴，在主動式中則不必。為什麼被動式要加後綴而主動式不必、又為什麼後綴的分別恰好是這三種格位，也都值得一再追問。

　　斐濟、馬來、薩馬力諾都沒有焦點系統的「動詞曲折」與「格位呼應」。但是如果把它們上述的表現方式和排灣語的焦點系統擺在一起—也就是表 0.4—來看，這些表現法的來龍去脈也就一目瞭然。

表 0.4 焦點系統的演化

焦點類型	動詞詞綴	格 位 標 記				薩馬力諾語		馬來語		斐濟語
		主格	受格	處所格	工具格	主動	被動	主動	被動	主動
主事焦點	-əm-	a	ta	i	ta	-ø		meN-		-ø
受事焦點	-ən	na	a	i	ta		直接被動 -a		di-	
處所焦點	-an	na	ta	a	ta		處所被動 -i	及物 -i	及物 -i	及物近指 -i/-a
工具焦點	si-	na	ta	i	a		工具被動 -ʔi	及物 -kan	及物 -kan	及物遠指 -aki (<*aken)

孤立地看，薩馬力諾語為什麼要區別三種「被動」，很難理解。但是上文曾經指出：排灣語的四種焦點句原可分成「主事焦點」和「非主事焦點」兩類，「非主事焦點」包含「受事」、「處所」、「工具」三種焦點句。兩相比較，我們立刻發現：薩馬力諾語的三種「被動」，正好對應排灣語的三種「非主事焦點」；三種「被動」的後綴與排灣語格位標記的淵源關係也呼之欲出。馬來語一個動詞有不同的主動前綴和被動前綴，因此是比薩馬力諾語更能明顯表

現主動／被動的語法範疇的語言。很顯然，馬來語的及物
後綴與薩馬力諾語被動句的後綴有相近的來源。斐濟語在
「焦點」或「主動／被動」的形式上，無疑是大爲簡化了；
格位標記的功能也發生了轉變。但是疆界雖泯，遺跡猶存。
斐濟語一定是在薩馬力諾語、馬來語的基礎上繼續演化的
結果；她的及物動詞所以要加後綴、以及所加恰好不是其
他的形式，實在其來有自。

　　表 0.4 反映的演化方向，一定是：「焦點」＞「主動
／被動」＞「及物／不及物」。因爲許多語法特徵只能因
併繁而趨簡，卻無法反其道無中生有。這個道理，在上文
談音韻現象時已經說明過了。因此「焦點系統」是南島語
的早期特徵。台灣南島語之具有「焦點系統」，是一種語
言學上的「存古」，顯示台灣南島語之古老。

　　由於台灣南島語保存了早期南島語的特徵，她在整個
南島語中地位的重要，也就不言可喻。事實上幾乎所有的
南島語學者都同意：台灣南島語在南島語的族譜排行上，
位置最高，最接近始祖—也就是「原始南島語」。有爭議
的只是：台灣的南島語言究竟整個是一個分支，還是應該
分成幾個平行的分支。主張台灣的南島語言整個是一個分
支的，可以稱爲「台灣語假說」。這個假說認爲，所有在
台灣的南島語言都是來自一個相同的祖先：「原始台灣
語」。原始台灣語與菲律賓、馬來、印尼等語言又來自同
一個「原始西部語」。原始西部語，則是原始南島語的兩

大分支之一；在這以東的太平洋地區的語言，則是另一分支。這個假說，並沒有正確的表現出台灣南島語的存古特質，同時也過分簡單地認定台灣南島語只有一個來源。

替語言族譜排序，語言學家稱爲「分群」。分群最重要的標準，是有沒有語言上的「創新」。一群有共同創新的語言，來自一個共同的祖先，形成一個家族中的分支；反之則否。我們在上文屢次提到台灣南島語的特質，乃是「存古」，而非創新。在另一方面，「台灣語假說」所提出的證據，如「*ś或*h 音換位」或一些同源詞，不是反被證明爲台灣以外語言的創新，就是存有爭議。因此「台灣語假說」是否能夠成立，深受學者質疑。

現在我們逐漸了解到，台灣地區的原住民社會，並不是一次移民就形成的。台灣的南島語言也有不同的時間層次。但是由於共處一地的時間已經很長，彼此的接觸也不可避免的形成了一些共通的相似處。當然，這種因接觸而產生的共通點，性質上是和語言發生學上的共同創新完全不同的。

比較謹慎的看法認爲：台灣地區的南島語，本來就屬不同的分支，各自都來自原始南島語；反而是台灣以外的南島語都有上文所舉的音韻或句法上各種「簡化」的創新，應該合成一支。台灣地區的南島語，最少應該分成「泰雅群」、「鄒群」、「排灣群」三支，而台灣以外的一大支則稱爲「馬玻語支」。依據這種主張所畫出來的南島語的族譜，

就是圖 1。

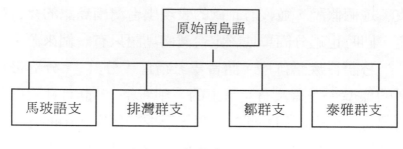

圖 1　南島語分群圖

　　與語族分支密切相關的一項課題，就是原始語言的復原。在台灣南島語的存古特質沒有被充分理解之前，原始南島語的復原，只能利用簡化後的語言的資料，其結果之缺乏解釋力可想而知。由於台灣南島語在保存早期特徵上的關鍵地位，利用台灣南島語建構出來的原始南島語的面貌，可信度就高的多。

　　我們認為：原始南島語是一個具有類似上文所介紹的「焦點系統」的語言，她有 i、u、ə、a 四個元音，和表 0.5 中的那些輔音。她的成詞形態，以及可復原的同源詞有表 0.6 中的那些。

表 0.5 原始南島語的輔音

		雙唇	舌尖	捲舌	舌面	舌根	小舌/喉
塞音	清	p	t	ţ	t́	k	q
	濁	b	d	ḍ	d́		
塞擦音	清		c				
	濁		j				
擦音	清		s		ś	x	h
	濁		z		ź		ɦ
鼻音					ń	ŋ	
邊音			l		ĺ		
顫音			r				
滑音		w			y		

表 0.6 原始南島語同源詞

	語　義	原始南島語	原始泰雅群語	原始排灣語	原始鄒群語
1	above 上面	*babaw	*babaw	*vavaw	*-vavawu
2	alive 活的	*qujip		*pa-quzip	*-ʔ₂učípi
3*	ashes 灰	*qabu	*qabu-liq	*qavu	* (ʔ₂avuʔ₄u)
4**	back 背；背後	*likuj		*likuz	* (liku[cřč])
5	bamboo 竹子	*qaug		*qau	*ʔ₁áúru
6*	bark; skin 皮	*kulic		*kulic	*kulíci
7*	bite 咬	*kagac	*k-um-agac	*k-əm-ac	*k₁-um-áracə

8*	blood 血	*daga[]	*daga?	*ɖaq	*cará?₁ə
9*	bone 骨頭	*cuqəlaɬ		*cuqəlaɬ	*cu?úlaɬə
10	bow 弓	*buɬug	*buhug		*vusúru
11*	breast 乳房	*zuzuh	*nunuh	*tutu	*θuθu
12**	child 小孩	*aɬak		*aɬak	*-aɬákə
13	dark; dim 暗	*jəmjəm		*zəmzəm	*čəməčəmə
14	die; kill 死；殺	*macay		*macay *pa-pacay	*macáyi *pacáyi
15**	dig 挖	*kaliɦi	*kari?	*k-əm-ali	*ɡkaliɦi
16	dove; pigeon 鴿子	*punay		*punay	*punáyi
17*	ear 耳朵	*caliŋaɦi	*caŋira?	*caljŋa	*calíŋaɦia
18*	eat 吃	*kan	*kan	*k-əm-an	*k₁-um-ánə
19	eel 河鰻	*tuɬa	*tula-qig	*ɬuɬa	
20	eight 八	*walu		*alu (不規則，應 爲 valu)	*wálu
21	elbow 手肘	*śikuɦi	*hiku?	*siku	
22	excrement 糞	*ʈaqi	*quti?	*caqi	*tá?₃i
23*	eye 眼睛	*maca		*maca	*macá
24	face; forehead 臉；額頭	*daqis	*daqis	*ɖaqis	
25	fly 蒼蠅	*laŋaw	*raŋaw	*la-laŋaw	
26	farm; field 田	*qumaɦi		*quma	*?₂úmáɦia

27**	father 父親	*amafi		*k-ama	*ámafia
28*	fire 火	*śapuy	*hapuy	*sapuy	*apúžu
29**	five 五	*lima	*rima?	*lima	*líma
30**	flow; adrift 漂流	*qańud	*qaluic	*sə-qaluđ	*-ʔ₂añúću
31**	four 四	*səpat	*səpat	*səpaɬ	*Śə́pátə
32	gall 膽	*qapəđu		*qapədu	*paʔ₁azu
33*	give 給	*bəgay	*bəgay	*pa-vai	
34	heat 的	*jaŋjaŋ		*zaŋzaŋ	*čaŋəčaŋə
35*	horn 角	*təquŋ		*təquŋ	*suʔ₁úŋu
36	house 子	*gumaq		*umaq	*rumáʔ₁ə
37	how many 多少	*pidafi	*piɡaʔ	*pida	*píafia
38*	I 我	*(a)ku	*-akuʔ	*ku-	*‑aku
39	lay mats 鋪蓆子	*sapag	*s-m-apag		*S-um-áparə
40	leak 漏	*tujiq	*tuduq	*t-əm-uzuq	*tučúʔ₂₃₄
41**	left 左	*wiri[]	*ʔiril	*ka-viri	*wírífii
42*	liver 肝	*qacay		*qacay	*ʔ₁₄acayi
43*	(head)louse 頭蝨	*kucufi	*kucuʔ	*kucu	*kúcúfiu
44	moan; chirp 低吟	*jagiŋ		*z-əm-aiŋ	*-čaríŋi
45*	moon 月亮	*bulal	*bural		*vuláłə
46	mortar 臼	*lutuŋ	*luhuŋ		*łusuŋu
47**	mother 母親	*-inafi		*k-ina	*inafia
48*	name 名字	*ŋađan		*ŋadan	*ŋázánə
49	needle 針	*dagum	*dagum	*đaum	

50*	new 新的	*baquɬ		*vaqu-an	*vaʔ₂órufiu
51	nine 九	*siwa		*siva	*θiwa
52*	one 一	*-ṭa		*ita	*cáni
53	pandanus 露兜樹	*paŋudań	*paŋdan	*paŋudaɬ	
54	peck 啄；喙	*tuktuk	*[ʔg]-um-atuk	*t-əm-ukṭuk	*-tukútúku
55*	person 人	*caw		*cawcaw	*cáw
56	pestle 杵	*qasəluɬ	*qasəruʔ	*qasəlu	
57	point to 指	*tuduq	*tuduq	*t-aɬ-uɗuq-an	
58*	rain 雨	*qudaɬ		*quɗaɬ	*ʔ₂účaɬə
59	rat 田鼠	*labaw		*ku-lavaw	*laváwu
60	rattan 藤	*quay	*quway	*quway	*ʔ₃úáyi
61	raw 生的	*mataq	*mataq	*maṭaq	*mátaʔ₁ə
62	rice 稻	*paɗay	*paɠay	*paday	*pázáyi
63	(husked) rice 米	*bugaṭ	*buwax	*vat	* (vərasə)
64*	road 路	*dalan	*daran	*ɗalan	*čalánə
65	roast 烤	*culuɬ		*c-əm-ulu	*-cúɬuɬu
66**	rope 繩子	*ṭalis		*calis	*talíSi
67	seaward 面海的	*laɬuj		*i-lauz	*-láɬiúcu
68*	see 看	*kita	*kitaʔ		*-kíta
69	seek 尋找	*kigim		*k-əm-im	*k-um-írimi
70	seven 七	*pitu	*ma-pituʔ	*piṭu	*pítu
71**	sew 縫	*ṭaqiś	*c-um-aqis	*c-əm-aqis	*t-um-áʔ₃iθi

72	shoot; arrow 射；箭	*panaq		*panaq	*-pánáʔ₂ə
73	six 六	*unəm		*unəm	*ənə́mə
74	sprout; grow 發芽；生長	*cəbuq		*c-əm-uvuq	*c-um-óvərə (不規則,應爲 c-um-óvəʔə)
75	stomach 胃	*bicuka		*vicuka	*civúka
76*	stone 石頭	*batufi	*batu-nux (-ʔ<-fi因接-nux 而省去)		*vátufiu
77	sugarcane 甘蔗	*təvus		*təvus	*tóvəSə
78*	swim 游	*laŋuy	*l-um-aŋuy	*l-əm-aŋuy	*-laŋúžu
79	taboo 禁忌	*palisi		*palisi	*palíθl-ã (不規則，應爲 palíSi-ã)
80**	thin 薄的	*liśipis	*hlipis		*łípisi
81*	this 這個	*(i)nifi	*ni		*inifii
82*	thou 你	*su	*ʔisuʔ	*su-	*Su
83	thread 線；穿線	*ciśug	*l-um-uhug	*c-əm-usu	*-cúuru
84**	three 三	*təlu	*təruʔ	*təlu	*túlu
85*	tree 樹	*kaśuy	*kahuy	*kasiw	*káiwu
86*	two 二	*ḍusa	*dusaʔ	*ḍusa	*řúSa
87	vein 筋；血管	*fiagac	*ʔugac	*ruac	*fiurácə
88*	vomit 嘔吐	*mutaq	*mutaq	*muṭaq	

89	wait 等	*taga[gɦ]	*t-um-agaʔ		*t-um-átara
90**	wash 洗	*sinaw		*s-əm-ənaw	*-Sináwu
91*	water 水	*jaɬum		*zaɬum	*čaɬúmu
92*	we (inclusive)咱們	*ita	*ʔitaʔ		* (-ita)
93	weave 編織	*tinun	*t-um-inun	*t-əm-ənun	
94	weep 哭泣	*ʈaŋiɬ	*laŋis, ŋilis	*c-əm-aŋit	*t-um-áŋisi
95	yawn 打呵欠	*-suab	*ma-suwab	*mə-suaw	

　　對於這裡所列的同源詞，我們願意再作兩點補充說明。第一，從內容上看，這些同源詞大體涵蓋了一個初民社會的各個方面，符合自然和常用的原則。各詞編號之後帶 '*' 號的，屬於語言學家界定的一百基本詞彙；帶 '**' 號的，屬兩百基本詞彙。帶 '*' 號的，有 32 個，帶 '**' 號的，有 15 個，總共是 47 個，佔了 95 同源詞的一半；可以說明這一點。進一步觀察這 95 個詞，我們可以看到「竹子、甘蔗、藤、露兜樹」等植物，「田鼠、河鰻、蒼蠅」等動物，有「稻、米、田、杵臼」等與稻作有關的文化，有「針、線、編織、鋪蓆子」等與紡織有關的器具與活動，有「弓、箭」可以禦敵行獵，有「一」到「九」的完整的數詞用以計數，並且有「面海」這樣的方位詞。但是另一方面，這裡沒有巨獸、喬木、舟船、颱風、地震、火山和魚類的名字。這些同源詞所反映出來的生態環境和文化特徵，在解答南島族起源地的問題上，無疑會提供相當大的助益。

　　第二，從數量上觀察，泰雅、排灣、鄒三群共有詞一共 34 個，超過三分之一，肯定了三群的緊密關係。在剩下的61個兩群共有詞之中，排灣群與鄒群共有詞為39個；而排灣群與泰雅群共有詞為 12 個，鄒群與泰雅群共有詞為 10 個。這說明了三者之中，排灣群與鄒群比較接近，而泰雅群的獨立發展歷史比較長。

四、台灣南島語的分群

　　在以往的文獻之中，我們常將台灣原住民中的泰雅、布農、鄒、沙阿魯阿、卡那卡那富、魯凱、排灣、卑南、阿美和蘭嶼的達悟（雅美）等族稱為「高山族」，噶瑪蘭、凱達格蘭、道卡斯、賽夏、邵、巴則海、貓霧棟、巴玻拉、洪雅、西拉雅等族稱為「平埔族」。雖然用了地理上的名詞，這種分類的依據，其實是「漢化」的深淺。漢化深的是平埔族，淺的是高山族。「高山」、「平埔」之分並沒有語言學上的意義。唯一可說的是，平埔族由於漢化深，她們的語言也消失的快。大部分的平埔族語言，現在已經沒有人會說了。台灣南島語言的分布，請參看地圖 2（附於本章參考書目後）。

　　不過本章所提的「台灣南島語」，也只是一個籠統的說法，而且地理學的含意大過語言學。那是因為到目前為

止，我們還找不出一種語言學的特徵是所有台灣地區的南島語共有的，尤其是創新的特徵。即使就存古而論，第三節所舉的音韻和句法的特徵，就不乏若干例外。常見的情形是：某些語言共有一些存古或創新，另一些則共有其他的存古或創新，而且彼此常常交錯；依據不同的創新，可以串成結果互異的語言群。這種現象顯示：（一）台灣南島語不屬於一個單一的語群；（二）台灣的南島語彼此接觸、影響的程度很深；（三）根據「分歧地即起源地」的理論，台灣可能就是南島語的「原鄉」所在。

要是拿台灣南島語和「馬玻語支」來比較，我們倒可以立刻辨認出兩條極重要的音韻創新。這兩條音韻創新，就是第三節提到的原始南島語「*c：*t」、「*î：*n」在馬玻語支中的分別合併為「t」和「n」。從馬玻語言的普遍反映推論，這種合併可以用「*c＞*t」和「*î＞*n」的規律形式來表示。

拿這兩條演變規律來衡量台灣南島語，我們發現確實也有一些語言，如布農、噶瑪蘭、阿美、西拉雅，發生過同樣的變化；而且這種變化還有很明顯的蘊涵關係：即凡合併*n與*î的語言，也必定合併*t與* c。這種蘊涵關係，幫助我們確定兩種規律在同一群語言（布農、噶瑪蘭）中產生影響的先後。我們因此可以區別兩種演變階段：

表 0.7 兩種音韻創新的演變階段

階段	規律	影　響　語　言
I	*c＞*t	布農、噶瑪蘭、阿美、西拉雅
II	*l̂＞*n	布農、噶瑪蘭

其中*c＞*t 之先於*l̂＞*n，理由至爲明顯。因爲不這樣解釋的話，阿美、西拉雅也將出現*l̂＞*n 的痕跡，而這是與事實不符的。

　　由於原始南島語「*c：*t」、「*l̂：*n」的分別的獨特性，它們的合併所引起的結構改變，可以作爲分群創新的第一條標準。我們因此可將布農、噶瑪蘭、阿美、西拉雅爲一群，她們都有過*c＞*t 的變化。在布農、噶瑪蘭、阿美、西拉雅這群之中，布農、噶瑪蘭又發生了*l̂＞*n 的創新，而又自成一個新群。台灣以外的南島語都經歷過這兩階段的變化，也應當源自這個新群。

　　原始南島語中三類舌尖濁塞音、濁塞擦音*d、*ḍ、*j（包括*z）的區別，在大部分的馬玻語支語言中，也都起了變化，因此也一定是值得回過頭來觀察台灣南島語的參考標準。台灣南島語對這些音的或分或合，差異很大。歸納起來，有五種類型：

表 0.8 原始南島語中舌尖濁塞音、濁塞擦音之五種演變類型

類型	規律	影響語言
I	*d ≠ *ɖ ≠ *j	排灣、魯凱(霧台方言、茂林方言)、道卡斯、貓霧棟、巴玻拉
II	*d = *ɖ = *j	鄒、卡那卡那富、魯凱(萬山方言)、噶瑪蘭、邵
III	*ɖ = *j	沙阿魯阿、布農(郡社方言)、阿美(磯崎方言)
IV	*d = *j	卑南
V	*d = *ɖ	泰雅、賽夏、巴則海、布農(卓社方言)、阿美(台東方言)

這一組變化持續的時間可能很長，理由是一些相同語言的不同方言有不同類型的演變。假如這些演變發生在這些語言的早期，其所造成的結構上的差異，必然已經產生許多連帶的影響，使方言早已分化成不同的語言。像布農的兩種方言、阿美的兩種方言，至今並不覺得彼此不可互通，可見影響僅及於結構之淺層。道卡斯、貓霧棟、巴玻拉、洪雅、西拉雅等語的情形亦然。這些平埔族的語料記錄於 1930、1940 年代。雖然各有變異，受訪者均以同一語名相舉認，等於承認彼此可以互通。就上述這些語言而論，這一組變化發生的年代必定相當晚。同時由於各方言所採規律類型不同，似乎也顯示這些變化並非衍自內部單一的來源，而是不同外來因素個別影響的結果。

類型 II 蘊涵了類型 III、IV、V，就規律史的角度而言，年代最晚。歷史語言學的經驗也告訴我們，最大程度

的類的合併，往往反映了最大程度的語言的接觸與融合。
因此類型 III、IV、V 應當是這一組演變的最初三種原型，
而類型 II 則是在三種原型流佈之後的新融合。三種原型
孰先孰後，已不易考究。不過運用規律史的方法，三種舌
尖濁塞音、塞擦音的演變，可分成三個階段：

表 0.9 舌尖濁塞音、濁塞擦音演變之三個階段

階段	規律	影響語言
I	*d≠ *ḍ≠ *j	排灣、魯凱(霧台方言、茂林方言)、道卡斯、貓霧楝、巴玻拉
II	3. *ḍ= *j	沙阿魯阿、布農(郡社方言)、阿美(磯崎方言)
	4. *d = *j	卑南
	5. *d = *ḍ	泰雅、賽夏、巴則海、布農(卓社方言)、阿美(台東方言)
III	2. *d = *ḍ= *j	鄒、卡那卡那富、魯凱(萬山方言)、噶瑪蘭、邵

　　不同的語言，甚至相同語言的不同方言，經歷的階
段並不一樣。有的仍保留三分，處在第一階段；有的已推
進到第三階段。第一階段只是存古，第三階段爲接觸的結
果，都不足以論斷語言的親疏。能作爲分群的創新依據的，
只有第二階段的三種規律。不過這三種規律的分群效力，
卻並不適用於布農和阿美。因爲布農和阿美進入這一階段
很晚，晚於各自成爲獨立語言之後。

　　運用相同的方法對台灣南島語的其他音韻演變作過

類似的分析之後，可以得出圖 2 這樣的分群結果：

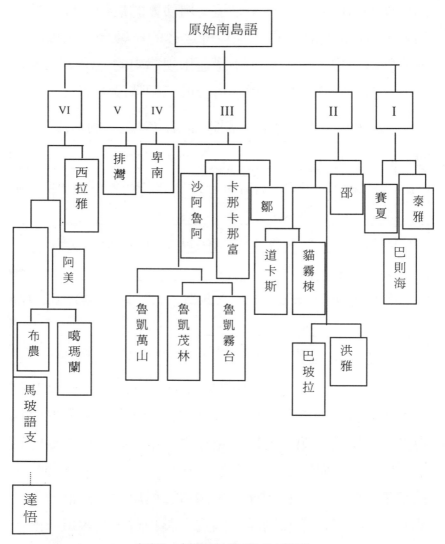

圖 2 台灣南島語分群圖

　　圖 2 比圖 1 的分群更爲具體，顯示學者們對台灣南島語的認識日漸深入。不過仍有許多問題尚未解決。首先是六群之間是否還有合併的可能，其次是定爲一群的次群之間的層序關係是否需要再作調整。因爲有這些問題還沒有解決，圖 2 仍然只是一個暫時性的主張，也因此我們不對六群命名，以爲將來的修正，預作保留。

五、小結

　　台灣原住民所說的，是來自一個分布廣大的語言家族中最爲古老的語言。這些語言，無論在語言的演化史上、或在語言的類型學上，都是無比的珍貴。但是這些語言的處境，卻和台灣許多珍貴的物種一樣，正在快速的消失之中。我們應該爲不知珍惜這些可寶貴的資產，而感到羞慚。如果了解到維持物種多樣性的重要，我們就同樣不能坐視語言生態的日漸凋敝。這一套叢書的作者們，在各自負責的專書裡，對台灣南島語的語言現象，作了充分而詳盡的描述。如果他們的努力和熱忱，能夠引起大家的重視和投入，那麼作爲台灣語言生態重建的一小步，終將積跬致遠，芳華載途。請讓我們一同期待。

叢書導論之參考書目

何大安

　　1999　《南島語概論》。待刊稿。

李壬癸

　　1997a　《台灣南島民族的族群與遷徙》。台北：常民
　　　　　文化公司。

　　1997b　《台灣平埔族的歷史與互動》。台北：常民文
　　　　　化公司。

Blust, Robert (白樂思)

　　1977　The Proto-Austronesian pronouns and
　　　　　Austronesian subgrouping: a preliminary report.
　　　　　Working Papers in Linguistics 9.2: 1-15.
　　　　　Honolulu: University of Hawaii.

Li, Paul Jen-kuei (李壬癸)

　　1981　Reconstruction of Proto-Atayalic phonology.
　　　　　Bulletin of the Institute of History and Philology
　　　　　52.2: 235-301.

　　1995　Formosan vs. non-Formosan features in some
　　　　　Austronesian languages in Taiwan. In Paul Jen-
　　　　　kuei Li, Cheng-hwa Tsang, Ying-kuei Huang,
　　　　　Dah-an Ho, and Chiu-yu Tseng (eds.)
　　　　　Austronesian Studies Relating to Taiwan, pp.

651-682. Symposium Series of the Institute of History and Philology Academia Sinica No. 3. Taipei: Academia Sinica.

Mei, Kuang (梅廣)

1982　Pronouns and verb inflection in Kanakanavu. *Tsing Hua Journal of Chinese Studies, New Series*, 14: 207-252.

Tsuchida, Shigeru (土田滋)

1976　Reconstruction of Proto-Tsouic Phonology. *Study of Languages & Cultures of Asia & Africa Monograph Series* No. 5. Tokyo: Gaikokugo Daigaku.

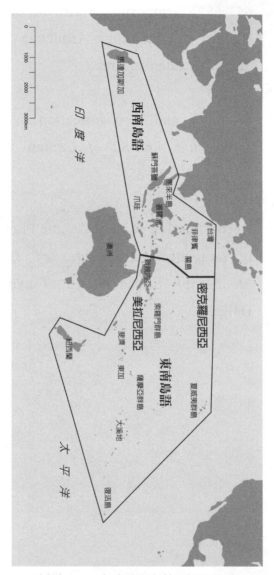

地圖 1　南島語族的地理分布

來源：*The New Encyclopaedia Britannica*（1992）第22冊755頁（重繪）

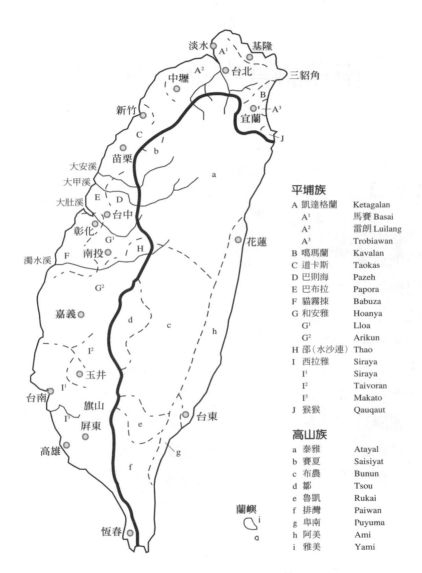

平埔族

A	凱達格蘭	Ketagalan
A¹		馬賽 Basai
A²		雷朗 Luilang
A³		Trobiawan
B	噶瑪蘭	Kavalan
C	道卡斯	Taokas
D	巴則海	Pazeh
E	巴布拉	Papora
F	貓霧捒	Babuza
G	和安雅	Hoanya
G¹		Lloa
G²		Arikun
H	邵（水沙連）	Thao
I	西拉雅	Siraya
I¹		Siraya
I²		Taivoran
I³		Makato
J	猴猴	Qauqaut

高山族

a	泰雅	Atayal
b	賽夏	Saisiyat
c	布農	Bunun
d	鄒	Tsou
e	魯凱	Rukai
f	排灣	Paiwan
g	卑南	Puyuma
h	阿美	Ami
i	雅美	Yami

地圖 2　台灣南島語言的分布

來源：李壬癸（1996）

附件

南島語言中英文對照表

【中文】	【英文】
大洋語	Oceanic languages
巴則海語	Pazeh
巴玻拉語	Papora
加本語	Jabem
卡那卡那富語	Kanakanavu
古戴	Kuthi 或 Kutai
布農語	Bunun
多羅摩	Taruma
西拉雅語	Siraya
沙阿魯阿語	Saaroa
卑南語	Puyuma
邵語	Thao
阿美語	Amis
南島語族	Austronesian language family
洪雅語	Hoanya

【中文】	【英文】
原始台灣語	Proto-Formosan
原始西部語	Proto-Hesperonesian
原始泰雅群語	Proto-Atayal
原始排灣語	Proto-Paiwan
原始鄒群語	Proto-Tsou
泰雅群支	Atayalic subgroup
泰雅語	Atayal
馬來語	Malay
馬玻語支	Malayo-Polynesian subgroup
排灣群支	Paiwanic subgroup
排灣語	Paiwan
凱達格蘭語	Ketagalan
斐濟語	Fiji
猴猴語	Qauqaut
跋羅婆	Pallawa
塔加洛語	Tagalog
道卡斯語	Taokas
達悟(雅美)語	Yami
鄒群支	Tsouic subgroup
鄒語	Tsou
魯凱語	Rukai

【中文】	【英文】
噶瑪蘭語	Kavalan
貓霧棟語	Babuza
賽夏語	Saisiyat
薩馬力諾語	Samareno

第 *1* 章

導　論

　　台灣原住民族，如同前章「叢書導論」中所述，包括
了傳統所說的「平埔族」和「高山族」。平埔族居住在台
灣北部和西部平原上，已幾近漢化；他們的語言除噶瑪蘭
語和巴則海語尚存著一些活的語言外，大都已經消失了。
高山族分布在台灣中央山脈、北部和西部的平原、花東縱
谷及離島的蘭嶼島上，所說的語言包括有泰雅語、鄒語、
賽夏語、布農語、魯凱語、排灣語、阿美語、卑南語、雅
美語（現已改稱爲達悟語）等九種，一般畫分成①泰雅語
群②鄒語群③排灣語群等三個語群[1]。另外尚有居住在南
投日月潭德化社的邵族，一直未被明確歸類成台灣原住民
族的一支。上述這些台灣原住民語言均屬於南島語系，和
菲律賓、印尼、馬來西亞、太平洋中各島嶼、及非洲的馬

---

[1] 此種畫分法爲 Ferrell (1969)等學者之見解，但其他南島語言學者並不完
　全贊同。有關不同的論點，讀者可參考 Tsuchida (1976)、Li (1985)、Starosta
　(1995)。

達加斯加的語言大都有親屬關係。本書所要探討的語言結構即為排灣語群中的卑南語[2]。

一、卑南語的分布與現況

卑南族居住在台東市南王里，台東縣卑南鄉下檳榔、上檳榔、初鹿、美濃等村，及台東鎮知本、建和、利嘉、太平等村和寶桑里，共八個村落，昔時被稱為「八社番」，人口約四千餘人。根據其起源傳說，卑南族可分為兩個系統[3]，一為以卑南社為主的卑南社群，發源地為 panapanayan；另一為以知本為主的知本社群，發源地為 ruvoahan。由於知本社群受臨近排灣族和漢族的影響，傳統文化保存已較不完整；相對之下，卑南社群則保存了較多的卑南傳統文化。就語言特色而論，卑南語亦可分為兩個方言群，與上述兩個起源傳說、文化系統相互對應：一是南王方言，另一支則是南王以外的其他方言。兩個方言群中，南王方言保留了較完整的語音系統，是卑南語中較保守的方言。本書所描述的語言結構即為南王方言，除了上述它保有較完整的語音系統之因素外，同時也因為會講

---

[2] 目前研究卑南語的文獻有丁邦新 (1978)、Tsuchida (1980)、Cauquelin (1991)。

[3] 此處起源傳說乃參考利格拉樂・阿烏所編著的《1997 原住民文化手曆》頁 136。有關卑南族的神話傳說，請參閱曾建次 (1993, 1994a & 1994b)。

這個方言的卑南族人愈來愈少，師資、族語教材嚴重付之闕如，甚至連南王國小都要教授知本地區編撰之語言教材；南王方言的未來可想而知。是故願以個人微薄之力，以南王方言結構爲本書研究、撰寫之對象，作爲回饋卑南族朋友所曾給予之協助，並作爲日後該族族人曾在此駐足見證之一。

　　筆者調查南王方言之時間爲 1995 年 2 月至 1996 年 12 月。在此要感謝下列諸位卑南語發音人對本書所提供的語料和諸多方面的協助：

陳雄義先生：1932年生於檳榔，2歲時即遷移至南王村，通曉這些方言，族名爲 bakabak sigimuLi。

曾修花女士：1932年生於南王村，通曉南王方言，族名爲 purburebuan muya。

陳明男先生：1932年生於南王村，通曉南王方言。

林淸美女士：1939年生於南王村，通曉南王方言，在南王國小教授學生卑南舞蹈及卑南文化。

吳賢明先生：1944年生於南王村，通曉南王方言。

林豪勳先生：1949年生於南王村，爲林淸美女士之弟，通曉南王方言。

二、本書內容概述

　　本書共分十單元，首章為本叢書導論，由何大安和楊秀芳兩位教授執筆，介紹南島語與台灣南島語，其餘章節討論之內容如下：第一章導論，介紹卑南語的分布和現況；第二章介紹卑南語之音韻結構，分語音系統、音韻規則、音節結構三節討論之。第三章略述卑南語之詞彙結構，分別就單純詞、衍生詞、複合詞、重疊詞及外來語借詞等五部份討論之。第四章討論卑南語語法結構，包括了詞序、格位標記系統、代名詞系統、焦點系統、時貌（語氣）系統、存在句（方位句、所有句）結構、祈使句結構、否定句結構、疑問句結構及複雜句結構等十節。第五章為二則卑南語之長篇語料，第六章為卑南語的一些基本詞彙。第七單元介紹與卑南語有關之參考書目，及早年至 1999 年，國內外有關台灣南島語言研究的碩博士論文題目，希望給台灣原住民及關心原住民語言保存、發展之學者專家作參考。書末附上專有名詞解釋及本書之索引。

第2章

卑南語的音韻結構

　　要了解一個語言的結構，首先必須要知道該語言的音韻結構，這是本章所要探討的重點。卑南語的音韻結構可分語音系統、音韻規則和音節結構三方面來討論，以下分述之。

一、語音系統

　　討論一個語言的語音系統，通常會分輔音和元音兩方面來論述之，此乃因為輔音發聲時，口腔或鼻腔中的某些部位會阻擋著氣流；氣流的流出，不像發元音時那麼的自由。討論輔音時，一般會就三方面來考量：(一)發音方式—即氣流是如何被阻塞？完全阻塞後爆破而出（故稱塞音）、或摩擦而出（而稱擦音）、抑或利用其他方式發聲（如邊音、顫音、滑音等）？(二)發音部位—即氣流是在口

腔或鼻腔中的哪個部位被阻塞或摩擦？在雙唇間、齒間、舌根、或其他部位？(三)清濁音—即發音時，聲帶會振動（故爲濁音）或不振動（而成清音）？此外，清音會再因發音時送氣或不送氣，再分成兩類。至於描述元音時，一般則是從(一)舌位高低、(二)舌位前後、(三)唇形圓扁等三方面來檢視之。

　　卑南語的語音系統中，計有元音四個，輔音十八個（另有一個僅出現在外來語借詞中的擦音／h／，雖未列入本語音系統，但仍以括號呈現之，以示其之存在於外來語借詞中），如下表所示（本書中所用的符號，乃依據教育部委託中央研究院李壬癸教授所編著的《台灣南島語言的語音符號系統》一書中的卑南語音韻系統加以修改而寫；方括弧內所示爲國際音標中所採用的符號）：

表 2.1 卑南語的語音系統

[輔音]

發音部位 發音方式			雙唇	舌尖	硬顎	捲舌	舌根	喉音
塞音	清		p	t		T[ʈ]	k	'[ʔ]
	濁		b	d		D[ɖ]	g	
鼻音			m	n			ng¹[ŋ]	
擦音	清			s				(h)
邊音				l		L[ɭ]		
顫音				r				
滑音			w		y			

[元音]

	前	央	後
高	i		u
中		e [ə]	
低		a	

說明：

(1) 所有輔音均可出現在字首、字中和字尾。

---

¹ 舌根鼻音 /ŋ/ 在本書中將用 ng 表之，若為 n 及 g 之子音群，則用連結號標之，即 n_g。

(2) 南王卑南語的塞音最多，共有九個，即／p, b, t, d, T, D, k, g, ’／；其中有些音在別的卑南語方言中已變爲擦音（見李壬癸 1992）。

(3) ／s／爲南王卑南語惟一的擦音。

(4) 南王卑南語有三個捲舌音／T, D, L／，數目之多爲其他台灣南島語言所沒有。

(5) ／h／僅出現在卑南語外來語借詞中，如：hia 瓦片（閩南語借字）、handur 方向盤（英語借字），故可不列入其語音系統。

(6) 卑南語四個元音均可出現在字首、字中和字尾，其中／e／表輕央元音。

表 2.2 爲含有上述這些音的字詞：

表 2.2 卑南語輔音及元音的分布

輔音	字 首	語 意	字 中	語 意	字 尾	語 意
/p/	paysu	紙幣	salpit	鞭子	suDip	斧頭
/t/	takil	杯子	kamutis	小老鼠	alepat	敏捷
/T/	Tau	人	biTenun	蛋	guTguT	抓癢
/k/	kuraw	魚	ukak	骨頭	sabak	裡面
/’/	’uLas	露水	bu’ir	芋頭	siri’	羊
/b/	beras	米	babuy	山豬	parenab	油漆
/d/	daun	針	budek	砂	ngaLad	名字
/D/	Derung	雷	aDi	別	sa’aD	樹枝

/g/	gung	牛	sagar	喜歡	TaTumug	臭蟲
/m/	mekan	吃	Lumay	稻谷	garem	現在
/n/	nem	六	unian	沒有	samekan	蚊子
/ng/	ngyaw	貓	pungaw	智障者	kuang	槍
/s/	seLu	竹筍	barasa	石	kebekas	跑
/l/	liyung	豬	mialupa	打獵	temekel	喝
/L/	Lima	手	mabuLi	受傷	tiliL	書
/r/	rami	樹根	kirwan	衣服	ikur	尾巴
/w/	walak	小孩	kawi	樹	kulabaw	飛鼠
/y/	yayan	白螞蟻	marayas	常常	manay	什麼

元音	字　　首	語　意	字　　中	語　意	字　　尾	語　意
/i/	ina	媽媽	kiskis	刮鍋子	wari	日子
/e/	enay	水	kuTem	雲	alupe	睡覺
/u/	unan	蛇	Damuk	血	abu	灰燼
/a/	abal	同伴	suan	狗	pana	弓箭

二、音韻規則

　　卑南語中存有五條音韻規則，以下逐條說明之。

（1）／p, t, T, k／出現在字首和字中時，雖爲不送氣的清

塞音，但出現在字尾時會送氣，分別成爲〔pʰ; tʰ; Tʰ; kʰ〕。規則如下：

$$\{\,p;\,t;\,T;\,k\,\} \rightarrow \{\,p^h;\,t^h;\,T^h;\,k^h\,\}\ \diagup\ \underline{\hspace{2em}}\,\#$$

例如：suDip [suDipʰ] 斧頭

(2) ／b; d; D; g／是濁塞音，但出現在字尾時，分別會成爲清塞音〔p; t; T; k〕。規則如下：

$$\{\,b;\,d;\,D;\,g\,\} \rightarrow \{\,p;\,t;\,T;\,k\,\}\ \diagup\ \underline{\hspace{2em}}\,\#$$

例如：parenab [parenap] 油漆

(3) 擦音／s／在前高元音／i／之前後會顎化爲〔ʃ〕。規則如下：

$$/s/\ \rightarrow\ \text{〔ʃ〕}\ \diagup\ \{\,\underline{\hspace{1.5em}}\ i;\ i\ \underline{\hspace{1.5em}}\,\}$$

例如：siri' [ʃiri'] 羊

(4) 元音／u／在舌根音之前，常會轉成〔o〕元音。規則如下：

$$/u/\ \rightarrow\ \text{〔o〕}\ \diagup\ \underline{\hspace{1.5em}}\ \{\,k;\,g;\,ng\,\}$$

例如：liyung [liyong] 豬

(5) 當動詞詞幹的第一個音爲／p; b; m／，且主事者爲重心的焦點符號爲中綴 -em- 時，-em- 會改變成 -en-

。這種鼻音異化現象，規則如下：

／m／　→　／n／　　／#｛p; b; m｝e ___

例如：bemabaiT [benabaiT] 燒(魚)

三、音節結構

卑南語的音節結構是以元音為核心，加上前後可能有的輔音或輔音群組合而成。其結構規則如下（括號表該輔音之可能存在或不存在）：

(C(C))V(C(C))

至於卑南語詞彙的音節結構，常見的有下表所呈現的諸類型：

表 2.3　卑南語詞彙的音節結構

V	i	格位標記
CV	yu	你
CVC	gung	牛
CVCV	wari	日子
CVCVC	Damuk	血
CVCVCV	mabuLi	受傷
CVCVCVC	TaTumug	臭蟲

48/台灣南島語言⑩卑南語

CVCVCVCV	sigimuLi	男人名
CVCVCVCVC	marabuLay	比較漂亮
CVCVCVCVCV	maramaTina	比較大
CVCVCVCVCVC	buLabuLayan	姑娘
CVCVCVCVCVCVC	kabuTubuTuwan	飛鼠
CCVC	ngyaw	貓
CCVCCVC	gwansiw	家鴿
CVV	Tau	人
CVVC	kuang	槍
CVVCV	siugu	水牛
CVVCVC	Liaban	顏色
CVVCVCV	mialupa	打獵
CVVCVCVC	kaahungan	黃牛
CVVVCV	muauma	農民
CVVVCVC	miaalup	正在打獵
CVCVV	menau	看
CVCVVCC	miLaa't	綠色
CVCVVCV	DuDuaya	二
CVCVVCVC	wabaawan	生活
CVCVVCVVC	tawuinaan	母
CVCVVV	mubaau	生長
CVCVVVC	nanauan	手錶

CVCVCVV	Temangia	藍色
CVCVCVVC	kaluduan	無名指
CVCVCVCCVC	marabansaL	比較帥
CVCVCVCCVVC	dariwa'waan	中指
CVCVCVVCVVCVC	maranaiDaiDang	最年長的
CVCVCCV	mipaysu	帶著錢
CVCVCCVC	matu'tu'	滴
CVCVCCVCVC	garamgaman	動物
CVCCV	nanku	我的
CVCCVVC	rangtiay	被打屁股
CVCCVC	kawkaw	鐮刀
CVCCVCV	kandini	這裡
CVCCVCVC	martalep	近
CVCCVCVCVCV	marpapingiT	互相打
CVCCVCVCVVC	markataguing	結婚
VC	wa	去
VCV	aDi	別
VCVC	unan	蛇
VCVCV	ulaya	有
VCVCVC	akanan	食物
VCVCVCVC	atenaLang	大拇指
VCVVC	amian	過年

VCVVCVC	aLianay	朋友
VCVVCVCVC	ariabanay	四腳蛇
VVCV	auka	將去

　　有關卑南語詞彙的重音，大都落在最後一個音節，故通常不需標出。但有極少數幾個字例外，當其重音改變時，語意亦隨之而變。比較下列二例即可得知：

atamán　　'昨天'　→　　atáman　　'前天；數天前'

angarumáy '馬上'　→　　angarúmay '等一下'

此外，是非問句若非利用句尾助詞 amaw 來標示時，亦可改變句子最後一個字的重音以標示之，即最後一個字的重音改成倒數第二個音節（這將於第四章第九節「疑問句結構」中討論之）。

　　另外值得一提的是某些字的元音變為長音時（以：表之），語意亦會隨之改變。比較下面諸例便可發現語意的改變：

antaman　　'後天'　→　anta:man　　'大後天；數天後'

kaDiyu　　'那邊'　→　kaDi:yu　　'更遠的那邊'

iDiyu　　'那個'　→　iDi:yu　　'更遠的那個'

第 3 章

卑南語的詞彙結構

本章所要討論的是卑南語的詞彙結構。如同大多數的語言，卑南語詞彙類型主要有單純詞、衍生詞、合成詞、重疊構詞和借詞，以下將逐一舉例介紹之。至於一些標示「焦點」、「時貌」和「語氣」的詞綴，例如 m-、me-、-em-、-in-、-an、-anay、-u、-i、-ay、-aw 等，將於第四章第四、五節中討論。

一、單純詞

單純詞是由詞幹單獨構成，不需附加任何詞綴。卑南語的單純詞依構成的音節，可分為單音節單純詞和和多音節單純詞，舉例如下：

單音節單純詞

ta	咱們	ku	我	nu	你的
gung	牛	nem	六	pat	四

多音節單純詞

aLi	男友	ukang	公水牛	rangti	打屁股
marenem	山鹿	tuLekuk	雞	tagerang	胸部
tawinaang	母牛	taakungang	黃牛	temangia	藍色

二、衍生詞

衍生詞是由詞幹附加上詞綴構成的，其語意和語法作用亦可能隨之改變。一般說來，卑南語的詞綴可分為前綴、中綴、後綴和合成綴等。前綴是附加在字首的詞綴，附加在字中的詞綴稱為中綴，加在字尾的詞綴則稱為後綴，合成綴是上述三種詞綴間相互搭配一起使用的。卑南語的詞綴中以前綴數量最多，構詞能力也最強。以下所介紹的是該語言中一些較常見的詞綴。

前綴

（1）ipa- 附加於動詞詞幹前，而構成一表很有敬意地請某人做該動作之動詞，如：

ipa-TaTekel	ipa-將請...喝	有敬意將請...喝

例句：

ku-<u>ipaTaTekel</u>　　　　kan　　　sigimuLi

[我-有敬意將請...喝　斜格　　sigimuLi]

'我(特別有敬意地)將請　sigimuLi　喝'

（2）<u>kemay-</u> 附加於名詞詞幹前，而構成表「從...來」之
動詞，如：

kemay-ruma	kemay-家	從家裡來
kemay-denan	kemay-山上	從山上來
kemay-esat	kemay-上面	從上面來

例句：

<u>kemayruma</u>-ku

[從家裡來-我]

'我從家裡來'

（3）<u>kia-</u> 可附加於名詞詞幹前，而構成表「打；獵」之動
詞，如：

| kia-babuy | kia-豬 | 打野豬 |
| kia-kurabaw | kia-老鼠 | 打老鼠 |

例句：

mikuang-ku　　<u>kiababuy</u>

[帶著槍-我　打野豬]

'我帶著槍去打野豬'

（4）ma- 可附加於名詞詞幹前，而構成表「變成」或「作
」之動詞，如：

ma-TuLe	ma-聾子	變聾
ma-buLi	ma-傷口	受傷
ma-uLan	ma-瘋子	發瘋
ma-tiya	ma-夢	作夢

例句：

matiya-ku Da mekan-ku Da kadumu

[作夢-我 斜格 吃-我 斜格 玉米]

'我夢見我吃玉米'

（5）ma- 可附加於動詞詞幹前，而構成表「相互...」之動
詞，如：

ma-papingiT	ma-打	互相打
ma-tatengeT	ma-打	打仗

例句：

mapapingiT naDiyu na Tau

[互相打 他們 連繫詞 人]

'他們打架'

（6）mar- 可附加於名詞詞幹前，而構成表建立該種關係

或相關的形體關係之動詞，如：

mar-kataguin	mar-夫妻	結婚
mar-apar	mar-同伴	相伴；挨著

例句：

markataguin   i   sigimuLi   aw   i   pilay
[結婚   主格 sigimuLi   和   主格 pilay]
'sigimuLi 和 pilay 結婚'

（7）mar- 可附加於動詞詞幹前，而構成表「相互…」之
　　動詞，如：

mar-papingiT	mar-打	互相打

例句：

mar-papingiT naDiyu na   Tau
[互相-打   他們   連繫詞   人]
'他們打架'

（8）mara- 可附加於靜態動詞前，而構成該靜態動詞之比
　　較級，如：

mara-maTina	mara-大	比較大
mara-makiteng	mara-小	比較小
mara-buLay	mara-漂亮	比較漂亮
mara-bansaL	mara-帥	比較帥

例句：

maramaTina　　na　　LaTu

[比較大　　　　主格　芒果]

‘這芒果比較大’

靜態動詞前加上 mara-，若再重疊其詞幹的倒數兩個
音節（但字尾若爲子音，則不包含在內），所構成的
新字表該靜態動詞的最高級，如：

mara-{**buLa**-buLay}	mara-　　-重疊音節-漂亮	最漂亮
mara-{ma-**Tina**-Tina}	mara-大-重疊音節-大	最大
mara-{i-**naba**-naba}	mara-好-重疊音節-好	最好

例句：

marabuLabuLay　　na　　　buLabuLayan

[最漂亮　　　　　主格　姑娘]

‘這姑娘最漂亮’

(9) mi- 可附加於名詞詞幹前，構成表「帶…在身上」或
「有…」之動詞，有時可進而表「穿…；使用…」之
意，如：

mi-paysu	mi-錢	帶著錢
mi-kuang	mi-槍	帶著槍
mi-buLi	mi-傷口	帶著傷
mi-buTu	mi-睪丸	有睪丸；公的

mi-sila	mi-叉	有分叉
mi-kiping	mi-上衣	穿衣
mi-kaisin	mi-小碗	有小碗；用小碗

例句：

<u>mipaysu</u>-yu　　amaw

[帶著紙幣-你　嗎]

'你(身上)有錢嗎?'

(10) <u>mi-</u> 可附加於名詞詞幹前，構成表「生...」之動詞，
例如：

mi-walak	mi-小孩	生孩子

例句：

<u>miwalak</u>　Da　　mainayan

[生孩子　斜格　男]

'她生了男孩子'

(11) <u>mu-</u> 可附加於名詞詞幹前，構成與原名詞語意相關之
動詞，如：

mu-sila	mu-分歧	分叉
mu-ruma	mu-家	回家

例句：

musila　na　　daran
[分歧　主格　路]
'這條路分叉'

(12) **mu-** 亦可附加於重疊的名詞詞幹前，構成與原名詞語意相關之動詞，如：

mu-ala-ala	mu-敵人-敵人	旅行(註: ala敵人、陌生人)

例句：

muka-ku　　mualaala
[去-我　　旅行]
'我去旅行(去一個陌生的地方)'

(13) **pa-** 可附加於名詞詞幹前，而構成與原名詞語意相關之新名詞，如：

pa-liDin	pa-圓圈	車子

例句：

sagar-ku　kanDini na　　　paliDin
[喜歡-我　這　　連繫詞 車子]
'我喜歡這部車'

(14) **pa-** 可附加於名詞詞幹前，構成與原名詞語意有關聯之動詞，如：

pa-susu	pa-乳房	餵奶
pa-salay	pa-線	打電話

例句：

<u>pasusu</u>-ku Da   walak

[餵奶-我　斜格　孩子]

'我給孩子餵奶'

(15) <u>pa-</u> 附加於動詞前，可構成表「使…；讓…」之使役
　　動詞，如：

pa-kan	pa-吃	餵；使…吃
pa-nau	pa-看	讓…看

例句：

<u>pakan</u>-ku Da   liyung

[餵-我　　斜格　豬]

'我餵豬'

(16) <u>paka-</u> 為一具有表「想…」之意的詞綴，當附加於名
　　詞前，可構成一動詞，如：

paka-u-ruma	paka-回-家	想回家

例句：

<u>pakauruma</u>-ku

[想回家-我]

‘我想回家’

(17) pi- 可附加於名詞前，而構成一動詞，如：

pi-walak	pi-小孩	收養
pi-kirwan	pi-衣服	穿衣服
pi-tataw	pi-刀	帶刀

例句：

piwalak-ku kana walak

[收養-我　斜格 孩子]

‘我要收養這孩子’

(18) pu- 可附加於名詞前，而構成表「生…；建立…」之
動詞，如：

pu-ruma	pu-家	舉行婚禮；成家
pu-walak	pu-小孩	(不道德地)使…生子

例句：

puruma　　la　　amaw

[舉行婚禮　助詞　嗎]

‘他們舉行婚禮了嗎？’

(19) pua- 具有「圍繞」之意，附加於另一名詞前，可構
成一新名詞，如：

pua-lima	pua-手	戒指
pua-aseL	pua-手臂	手環
pua-maTa	pua-眼睛	眼鏡

例句：

Temima-ku Da <u>pualima</u> kan pilay

[買-我 斜格 戒指 斜格 pilay]

'我向 pilay 買戒指'

中綴

（1）-em- 可附加於名詞詞幹間，而構成語意相關的動詞，如：

| k-em-udikut | 閃電-em- | 閃電(註: kudikut 閃電) |
| d-em-urung | 雷-em- | 打雷(註: durung 打雷) |

例句：

penia la <u>kemudikut</u> aw <u>demurung</u> la

[完 助詞 閃電 和 打雷 助詞]

'閃電後打雷了'

（2）-in- 可附加於動詞詞幹中，構成名詞，表示接受該動作之物，如：

| p-in-upuk | 打-in- | 被打的東西(註: pupuk 打) |
| '-in-'iyam | 醃-in- | 醃的東西(註: 'iyam 醃) |

例句：

amawu na   suan nanku pinupuk
[是   主格 狗   我的   被打的東西]
‘這隻狗是我打的’

後綴

(1)-an 可附加於動詞詞幹後，而構成一語意與原動詞相
   關之名詞，如：

bansaL-an	帥-an	年輕人
maiTang-an	年長-an	老人家
paluni-an	響-an	錄音機
apengpeng-an	冒煙-an	火車
garamgam-an	動-an	動物；會動的東西

例句：

menau-ku kana bansaLan
[看見-我   斜格 年輕人]
‘我看見那個年輕人’

(2)-an 附加於動詞詞幹後，亦可構成一表與該動詞有關
   的器物或地點之名詞，如：

abak-an	裝-an	盒子；容器
kaTengaDaw-an	坐-an	椅子

alup-an	打獵-an	獵區
kiDeng-an	睡-an	床

例句：

ulaya　i　　　　sabak a　　abakan

[存在　處所格　裡面 主格 盒子]

'房子裡有盒子'

（3）-an 附加於動詞詞幹後，亦可構成一表做該事之時間
　　之名詞，如：

kalupe-an	睡-an	睡覺時間

例句：

kalupean　　　la

[睡覺時間　　助詞]

'該睡覺了！'

（4）在動詞詞幹前重疊其部份詞幹，而詞幹後也附加 -an
　　，則可構成另一名詞，如：

na-nau-an	重疊音節-看-an	手錶
ra-rngay-an	重疊音節-說-an	話題
sa-sanay-an	重疊音節-唱-an	唱歌的地方；歌廳
buLa-buLay-an	重疊音節-漂亮-an	姑娘

例句：

unian na <u>nanauan</u> i isaT kana tu'
[沒有 主格 手錶 處所格 上面 斜格 桌]
'錶不在桌上'

（5）-<u>an</u> (或 -<u>yan</u>) 可附加於重複整個名詞或名詞前二個音
節所構成的詞幹後，而構成複數，如：

aLi-aLi-an	朋友-朋友-an	朋友們(註:aLi男人口中的朋友)
ana-anay-an	朋友-朋友-an	朋友們(註:anay女人口中的朋友)
ama-ama-yan	父親-父親-yan	父親輩
ina-ina-yan	母親-母親-yan	母親輩
kawi-kawi-yan	樹木-樹木-yan	樹林
Talu-Talun-an	草-草-an	草原

例句：

nanku <u>aLiaLian</u> naDini
[我的 朋友 他們]
'他們是我的朋友'

合成綴

（1）<u>ni</u>-...-<u>an</u> 附加於動詞詞幹前後，可構成名詞，如：

ni-alup-an	ni-打獵-an	獵得之物(註: alup 打獵)

例句：

munuma nu-<u>nialupan</u>

[多少　你的-獵得之物]

'你獵到多少東西？'

（2）-<u>in</u>-...-<u>an</u> 附加於動詞詞幹間和詞幹後，亦可構成名詞，如：

| t-in-ima-an | 買-in- -an | 買的東西(註: tima 買) |
| k-in-bulas-an | 借-in- -an | 借來之物(註: kibulas 借) |

例句：

ku-<u>kinibulasan</u> Da　tukap i　　sigimuLi

[我-借來之物　斜格　鞋子　主格　sigimuLi]

'sigimuLi 穿的鞋子是我借來的'

三、複合詞

卑南語的複合詞並不多，舉例如下：

mu '祖父母' + mainayan '男性' = mu mainayan '祖父'

mu '祖父母' + babayan '女性' = mu babayan '祖母'

例句：

sagar-ku　<u>mu-li</u>　　　　<u>mainayan</u>

[喜歡-我　祖父母-我的　男]

'我喜歡我的祖父'

　　有時兩個名詞間加上連繫詞 <u>na</u>，亦可構成一複合詞，例子如下：

wadi	弟妹	+ na	+ mainayan	男性	= wadi na mainayan	弟弟
wadi	弟妹	+ na	+ babayan	女性	= wadi na babayan	妹妹
ba	兄姊	+ na	+ mainayan	男性	= ba na mainayan	哥哥
ba	兄姊	+ na	+ babayan	女性	= ba na babayan	姊姊
Tumai 熊		+ na	+ mainayan	男性	= Tumai na mainayan	公熊

例句：

ku-wadi　　na　　babayan i　　pilay

[我-妹妹　　連繫詞 女　　　主格 pilay]

'pilay　是我妹妹'

四、重疊詞

　　很多語言的重疊構詞形式可分部份重疊和全部重疊兩種類型，但卑南語的重疊構詞形式僅有部份重疊一種類型。不過，卑南語部份重疊的形式有很多種，以下討論之：

（1）第一種爲重疊一詞幹的第一個輔音並加上元音／a／
　　　使成爲一新音節。若原詞幹爲名詞，則構成的新字可

能爲名詞，如：

| T-a-Tau | 重疊子音-a-人 | 人人 |

例句：

kaDini   i   kema Da ngai Da   puyuma
[這裡   主題標記 說   斜格 語   斜格   卑南語
a   T-a-Tau
[主格 重疊- -人]
'這裡人人都說卑南語'

若原詞幹爲動詞，則構成的新字可能爲名詞，也可能
是表即將進行的動作之動詞，例如：

| n-a-niwan | 重疊子音-a-賣 | 店舖中陳列要賣的東西 |
| l-a-laub | 重疊子音-a-舀水 | 即將要舀水 |

例句：

ulaya   a   n-a-niwan
[存在 主格 重疊- -賣]
'有許多待售之物'

（2）部份重疊的形式亦可能是重疊一名詞的倒數兩個音節
（但字尾若爲子音，則不包含在內），所構成的新字
是表該名詞的複數，如：

| suan | **sua**-suan | 狗 |

LaTu	**LaTu**-LaTu	芒果
ruma	**ruma**-ruma	房子
walak	**wala**-walak	小孩
maimay	ma- **ima**-imay	鴨子
kulabaw	ku- **laba**-labaw	老鼠

例句：

ulaya　ku-sua-suan

[存在　我的-重疊-狗]

'我有很多狗'

（3）第三種部份重疊是前兩種重疊形式的合併，所構成的
新字亦是表該名詞的複數，如：

| wa-wali-wali | 重疊子音-a-重疊倒數雙音節-日子 | 天天 |
| wa-wala-walak | 重疊子音-a-重疊倒數雙音節-小孩 | 孩子們;子子孫孫 |

例句：

melaub-ku　Da　enay　Temekel　kemay　kana　dinun

[舀-我　斜格　水　喝　　從　斜格　水缸

kana　wa-wali-wali

[斜格　重疊-重疊-天]

'我天天從這水缸裡舀水喝'

五、外來語借詞

卑南語從閩南語、英語、日語和阿美語借進一些字，例子如下：

閩南語借詞

tu'	桌子	twaguy	大櫃子
ilyaw	長板凳	yudan	搖籃
hia	瓦片	yam	鹽

英語借詞

handur	方向盤

日語借詞

sinsi	老師	sinbun	報紙

阿美語借詞

pilay	不很健康	tabukul	魚網
uninan	白天		

卑南語的語法結構

　　本章所要探討的卑南語語法結構包括了該語言的詞序、格位標記系統、代名詞系統、焦點系統、時貌（語氣）系統、存在句（所有句、方位句）結構、祈使句結構、否定句結構、疑問句結構、複雜句結構等，以下逐項討論之。

一、詞序

　　如大多數的台灣南島語言一樣，卑南語的基本詞序為謂語出現在句首，而謂語通常為動詞，所以這一類句子稱為「動詞句」。不過卑南語的句子並不都是動詞句，有些句子句首的謂語是一個名詞(組)，亦即該句子是由兩個名詞(組)組合而成的，構成所謂的「名詞句」，或稱「等同句」。

名詞句詞序

以下先檢視一些「名詞句」的例子：

1a.{nantu walak}_{謂語} {i   sigimuLi}_{主語}

  [她的 小孩   主格 sigimuLi]

  'sigimuLi 是她的孩子' (被問及「sigimuLi 是誰？」)

 a'.{i   sigimuLi}_{謂語} {nantu   walak}_{主語}

  [主格 sigimuLi   她的   小孩]

  '她的孩子是 sigimuLi' (被問及「她的孩子是誰？」)

 b.{tu-aLi   Da   sinsi}_{謂語} {i   aTung}_{主語}

  [他.屬格-朋友 斜格 老師   主格   aTung]

  'aTung 是老師的朋友' (被問及「aTung 是誰？」)

 b'.{i   aTung}_{謂語} {tu-aLi   Da   sinsi}_{主語}

  [主格 aTung   他.屬格-朋友 斜格   老師]

  '老師的朋友是 aTung' (被問及「老師的朋友是誰？」)

比較上面例(1a-b)和(1a'-b')，不難發現名詞句中兩個名詞(組)出現在句中的順序並不是自由的；順序的改變往往會影響到語意。句首謂語所標示的乃是該句的新訊息，是說話者答覆聽話者所提出的問題，這可由每個例句所附加的解釋得知。

動詞句詞序

至於「動詞句」的詞序，除句首的謂語外，其餘表

徵一事件參與者的名詞在句中出現的順序，除有歧意產
生的特殊情形外，通常十分的自由。以下先舉句中僅含
一個參與者（即主事者）的例子：

2a. <u>ma-tengaDaw</u>　　{i　　　ina_{主事者}}_{主語}

[主事焦點-坐　　主格　　媽媽]

'媽媽坐著'

b. <u>t-em-alasu</u>　　　　{i　　　sigimuLi_{主事者}}_{主語}

[游泳-主事焦點-　主格　sigimuLi]

'sigimuLi 在游泳'

c. <u>s-em-a-senay</u>　　　　　　{na　　walak_{主事者}}_{主語}

[重疊-主事焦點-重疊-唱歌　主格　小孩]

'小孩正在唱歌'

　　當句中含有兩個表徵參與者—主事者和受事者—的名
詞(組)時，如前所述，其出現的順序相當的自由。從語意
角色來看，句子的詞序可以為「謂語－受事者－主事者
」或「謂語－主事者－受事者」。而從文法關係來看，
句子的詞序也不受上述兩個參與者在句中的文法關係影
響，即「動詞－賓語－主語」或「動詞－主語－賓語」
均為可能之結構。例子如下（畫底線部份為當謂語的動
詞，大括弧內者為句子的文法主語）：

3a. <u>Ta-Tekel</u>　　　　　Da　　enay_{受事者/賓語}　　{i

[重疊-喝.主事焦點　斜格　水　　　　　　主格

sigimuLi_{主事者}}_{主語}

[sigimuLi]

'sigimuLi 要喝水'

a'. <u>Ta-Tekel</u>　　　　{i　　　　sigimuLi_{主事者}}_{主語}　　　Da

[重疊-喝.主事焦點　主格　sigimuLi　　　　　　斜格

enay_{受事者/賓語}

[水]

'sigimuLi 要喝水'

b. <u>m-a-ekan</u>　　　　　　Da　　LaTu_{受事者/賓語}　　{na

[主事焦點-重疊-吃　斜格　芒果　　　　　　　主格

walak_{主事者}}_{主語}

[小孩]

'那小孩正在吃芒果'

b'. <u>m-a-ekan</u>　　　　　{na　　walak_{主事者}}_{主語}　　Da

[主事焦點-重疊-吃　主格　小孩　　　　　　斜格

LaTu_{受事者/賓語}

[芒果]

'那小孩正在吃芒果'

4a. tu-<u>kelut</u>-aw　　　　　　{na　　bu'ir_{主事者}}_{主語}　　kan

[他.屬格-挖-受事焦點　主格　芋頭　　　　　　斜格

pilay_{主事者}

[pilay]

'芋頭被 pilay 挖了'

a'.tu-<u>kelut-aw</u>   kan   pilay$_{主事者}$ {na

[他.屬格-挖-受事焦點 斜格 pilay   主格

bu'ir$_{受事者}$}$_{主語}$

[芋頭]

'芋頭被 pilay 挖了'

b. tu-<u>Ta-Tekel-ay</u>   {na   enay$_{受事者}$}$_{主語}$

[他.屬格-重疊-喝-受事焦點 主格 水

kana   walak$_{主事者}$

[斜格 小孩]

'水正被小孩喝著'

b'.tu-<u>Ta-Tekel-ay</u>   kana   walak$_{主事者}$

[他.屬格-重疊-喝-受事焦點 斜格   小孩

{na   enay$_{受事者}$}$_{主語}$

[主格 水]

'水正被小孩喝著'

    同樣的，當句中含有三個表徵參與者的名詞(組)時，不管它們在事件中所扮演的語意角色為何，或在句中所具有的文法關係，其出現在句中的順序也相當自由。例句如下（畫底線部份為當謂語的動詞，大括弧內者為句子的文法主語，粗體字表主事者）：

5a. <u>T-em-ima</u>   Da   tiliL$_{受事者}$ kana   babayan$_{處所}$

[買-主事焦點- 斜格 書   斜格   女人

{na　　walak$_{主事者}$}$_{主語}$
[主格　小孩]
'小孩向女人買書'

b. T-em-ima　　　　kana　babayan$_{處所}$　　Da　　tiliL$_{受事者}$
[買-主事焦點-　斜格　女人　　　　斜格　　書

{na　　walak$_{主事者}$}$_{主語}$
[主格　小孩]
'小孩向女人買書'

c. T-em-ima　　　Da　　tiliL$_{受事者}$ {na　　walak$_{主事者}$}$_{主語}$
[買-主事焦點-　斜格　書　　　　主格　　小孩

kana　　　babayan$_{處所}$
[斜格　　女人]
'小孩向女人買書'

d. T-em-ima　　　{na　walak$_{主事者}$}$_{主語}$　Da　　　tiliL$_{受事者}$
[買-主事焦點-　主格　小孩　　　　斜格　　書

kana　　　babayan$_{處所}$
[斜格　　女人]
'小孩向女人買書'

e. T-em-ima　　　kana babayan$_{處所}$ {na　　walak$_{主事者}$}$_{主語}$
[買-主事焦點-　斜格　女人　　　主格　　小孩

Da　　tiliL$_{受事者}$
[斜格　書]
'小孩向女人買書'

f. T-em-ima   {**na　walak**_{主事者}}_{主語} kana　babayan_{處所}

[買-主事焦點- 主格 小孩   斜格 女人

Da   tiliL_{受事者}

[斜格 書]

'小孩向女人買書'

6a. tu-beray-ay   Da　suan_{工具} {i

[他.屬格-給-受事焦點 斜格 狗   主格

sigimuLi_{接受者}}_{主語} **kan　aTung**_{主事者}

[sigimuLi   斜格 aTung]

'aTung 給 sigimuLi 一隻狗'

b. tu-beray-ay   {i　sigimuLi_{接受者}}_{主語} Da

[他.屬格-給-受事焦點 主格 sigimuLi   斜格

suan_{工具} **kan　aTung**_{主事者}

[狗   斜格 aTung]

'aTung 給 sigimuLi 一隻狗'

c. tu-beray-ay   Da　suan_{工具} **kan**

[他.屬格-給-受事焦點 斜格 狗   斜格

aTung_{主事者} {i　sigimuLi_{接受者}}_{主語}

[aTung 主格 sigimuLi]

'aTung 給 sigimuLi 一隻狗'

d. tu-beray-ay   **kan　aTung**_{主事者} Da

[他.屬格-給-受事焦點 斜格 aTung   斜格

suan工具　{i　　　　sigimuLi接受者}主語

[狗　　　主格　sigimuLi]

'aTung　給　sigimuLi　一隻狗'

e. tu-beray-ay　　　　　　{i　　　sigimuLi接受者}主語　**kan**

[他.屬格-給-受事焦點　主格　sigimuLi　　　　斜格

aTung主事者　Da　　suan工具

[aTung　　斜格　狗]

'aTung　給　sigimuLi　一隻狗'

f. tu-beray-ay　　　　　　**kan**　**aTung**主事者　{i

[他.屬格-給-受事焦點　斜格　aTung　　　　主格

sigimuLi接受者}主語　Da　　suan工具

[sigimuLi　　　斜格　狗]

'aTung　給　sigimuLi　一隻狗'

　　檢視例子(5a-f)和(6a-f)，我們發現這些句子詞序之所以十分自由，可能是因爲卑南語的格位標記（將於本章第二節中討論）可以標示語意角色或語法功能，因此事件中參與者之角色不會混淆，如(5a)-(5f)等句不可能是指「女人向小孩買書」；或者因爲現實所(不)允許之情境，如(5a)-(5f)等句不可能是指「小孩向書買女人」、(6a)-(6f)等句不可能是指「aTung 把 sigimuLi 給狗」，句子因此不會產生歧意。不過，歧意有時仍然會發生，此時句子的詞序就會扮演較重要的角色。比較下面句子：

7a. <u>ø-beray</u>　　　*Da*　　*kuraw*_{工具}　　Da　　ngyaw_{接受者}

[主事焦點-給　斜格　魚　　　　　斜格　　貓]

{**na**　　**walak**_{主事者}}_{主語}

[主格　小孩]

'小孩把魚給貓'

*'小孩把貓給魚'

b. <u>ø-beray</u>　　　*Da*　　*ngyaw*_{工具}　　Da　　kuraw_{接受者}

[主事焦點-給　斜格　貓　　　　　斜格　　魚]

{**na**　　**walak**_{主事者}}_{主語}

[主格　小孩]

'小孩把貓給魚'

*'小孩把魚給貓'

　　由上面的例子，我們可以得知，當一個句子中同時出現表主事者、接受者及工具參與者等三個名詞，且動詞含有主事焦點標記（將於本章第四節「焦點系統」中討論）時，除了表主事者的名詞前因有主格格位標記、在句中的位置可以自由外，表接受者及工具參與者的兩個名詞前因均為斜格格位標記，所以會有一些限制—表工具參與者的名詞（即[7a-b]中之斜體部份）必須出現在表接受者的名詞前。這類型句子中參與者出現之順序如下：

（1）主事者—工具—接受者

（2）工具—主事者—接受者

（3）工具—接受者—主事者

　　若動詞含非主事焦點標記時，則句子之詞序會有不同之限制。例如：

8a. tu-babuLas-anay 　　　　　{**na** 　　**tiliL**工具}主語

[他.屬格-借-工具焦點　主格　書

kan 　*aTung*主事者　　kan 　　　sigimuLi接受者

[斜格 aTung 　　　　斜格　　　sigimuLi]

'aTung 把書借給 sigimuLi'

*'sigimuLi 把書借給 aTung'

　b. tu-babuLas-anay 　　　　　{**na** 　　**tiliL**工具}主語

[他.屬格-借-工具焦點　主格　書

kan 　*sigimuLi*主事者　kan 　　　aTung接受者

[斜格 sigimuLi 　　　斜格　　　aTung]

'sigimuLi 把書借給 aTung'

*'aTung 把書借給 sigimuLi'

(8a-b)為工具焦點句，句中除工具參與者前有主格格位標記 <u>na</u>（在句中的位置也因此較自由）外，表主事者及接受者的兩個名詞前均有斜格格位標記 <u>kan</u>，而且出現在前的名詞會被解釋為事件的主事者（即[8a-b]中之斜體部份），其後的名詞則只能表接受者，即此類型句子中參與者出現之順序為：

(1) 工具—主事者—接受者

(2) 主事者—工具—接受者

(3) 主事者—接受者—工具

　　另外，句中如有主題、否定詞或表未來式／非實現狀（將在本章第五節「時貌(語氣)系統」討論之）的助動詞出現時，則主題、否定詞或助動詞將會出現在句首，其餘照舊。例如，例(9a)含有主題 kaDini '這裡'，其後的 i 即為主題標記；(9b)含否定詞 aDi；(9c)則含表未來式／非實現貌的助動詞 aru：

9a. <u>kaDini</u>　i　　　　　saDu　a　　　samekan

　　[這裡　　主題標記　很多　主格　蚊子]

　　'這裡啊，蚊子很多'

　b. <u>aDi</u>　　m-iberas　　　　i　　　sigimuLi

　　[否定詞　主事焦點-帶米　主格　sigimuLi]

　　'sigimuLi 沒有帶米'

　c. <u>aru</u>　　lalisaw　　Da　takiL　na　　walak

　　[未來式　洗.主事焦點　斜格　杯子　主格　小孩]

　　'這小孩將要洗杯子'

代名詞的詞序

　　當事件的表參與者由代名詞表徵，而不是由名詞時，則句子的詞序會有所不同。卑南語中標示文法主語的

附著式主格代名詞為後綴（將於本章第三節「代名詞系統」中討論），永遠緊附著在句首的動詞或否定詞之後，見例句(10a-b)：

10a. T-em-ekel=ku   Da   enay

    [喝-主事焦點- =我.主格   斜格   水]

    '我喝水'

  b. **aDi**=ku   T-em-ekel

    [否定詞=我.主格   喝-主事焦點-   ]

    '我沒喝水'

    不過要注意的是，附著式主格代名詞不會附著在助動詞 <u>aru</u> 之後，如例句(11a')所示；也不可以當主題，如(11b')：

11a. **aru**   Ta-Tekel=ku   Da   enay

    [未來式   重疊-喝.主事焦點=我.主格   斜格   水]

    '我將要喝水'

  a'.***aru**=ku   Ta-Tekel   Da   enay

    [未來式=我.主格   重疊-喝.主事焦點 斜格   水]

  b. **kuyku**   i   sagar=ku

    [我   主題標記   喜歡.主事焦點=我.主格

    kan   aTung

    [斜格   aTung]

    '我啊，我喜歡 aTung'

b'.*ku i   sagar   kan aTung

[我.主格 主題標記 喜歡.主事焦點 斜格 aTung]

  附著式主格代名詞為後綴，但附著式屬格代名詞則為前綴，其在語法上所呈現之特色如下所述：

(1) 永遠依附在動詞之前，如例(12a)所示；

(2) 出現在否定句中時，不會附著在否定詞之前，而仍是出現在否定詞之後的動詞前，如例(12b)；

(3) 不會與助動詞同時出現，如例(12c)所示：

12a. ku-alup-anay   Da babuy i

[我.屬格-獵-受惠者焦點 斜格 山豬 主格]

nama-li

[爸爸-我.屬格]

'我為爸爸獵山豬'

 b. **aDi** ku-alup-anay   Da babuy

[否定詞 我.屬格-獵-受惠者焦點 斜格 山豬]

i   nama-li

[主格 爸爸-我.屬格]

'我沒有為爸爸獵山豬'

 c.***aru** ku-a-alup-an   Da babuy

[未來式 我.屬格-重疊-獵-受惠者焦點 斜格 山豬]

i   nama-li

[主格 爸爸-我.屬格]

二、格位標記系統

　　大多數台灣南島語的句子中，表參與者的名詞前都會有格位標記，以標示該參與者之語意角色或在句子中所具有的文法關係（如主語、賓語等）。有些語言的格位標記系統非常複雜，其格位標記會因表參與者的名詞為專有名詞或普通名詞、是表單數或複數、或其他特殊性質而有所不同；有些語言則非常簡單；有些語言甚至沒有任何格位標記，此時句中名詞(組)的語法功能就要藉由詞序來標示知。

　　如同大多數其他台灣南島語一樣，卑南語句子中表參與者的名詞前也有格位標記。卑南語的格位標記共分主格、斜格和處所格三大類，其中主格和斜格兩大類的格位標記又會隨著其後的名詞為人稱專有名詞（包括親屬名詞）、或普通名詞而有所改變。同時這些格位標記會再因人稱專有名詞是表單數或表複數，普通名詞是表特定或表非特定，各再細分為兩類。卑南語的整個格位標記系統，如下表所示[1]：

---

[1] 有關卑南語及其他台灣南島語言的格位標記系統，請參考 Huang, et al. (1998)。

表 4.1 卑南語的格位標記系統

名　　　詞		格　位　標　記		
		主　格	斜　格	處所格
人　稱	複數	na	kana	---
專有名詞	單數	i	kan	i
普通名詞	特定	na	kana	
	非特定	a	Da	---

主格格位標記

　　主格格位標記是出現在標示文法主語的名詞(組)前。注意這裡所稱的「文法主語」不是「語意主語」，因此主格格位標記和其後之名詞(組)有時標示一個事件的主事者，有時則標示一個事件的非主事者，包括受事者、接受者、受惠者或工具參與者等，分述如下。

(1) 當文法主語表事件的主事者，且由人稱專有名詞標示時，主格格位標記為 i（單數）或 na（複數），如例(1a-b)；若主事者是由普通名詞標示時，主格格位標記為 na（特定，即可加以指認者）或 a（非特定，即無法加以指認者），如例(1c-d)：

　1a. Duwa　　　　kaDini　　i　　*sigimuLi*主事者

　　　[來.主事焦點 這裡　　主格　sigimuLi]

　　　'sigimuLi 來這裡'

b. Duwa　　　　kaDini　<u>na</u>　*sigimuLi*主事者

　[來.主事焦點 這裡　　主格　sigimuLi]

　'sigimuLi 一家人來這裡'

c. Duwa　　　　kaDini　<u>na</u>　*walak*主事者

　[來.主事焦點　　這裡　　主格　小孩]

　'(那)孩子來這裡'

d. Duwa　　　　kaDini　<u>a</u>　*walak*主事者

　[來.主事焦點　　這裡　　主格　小孩]

　'有個孩子來這裡'

（2）當文法主語是表一事件的非主事者，且由人稱專有名詞標示時，則不論該非主事者是一事件中的受事者、接受者、或受惠者（但較不可能爲工具參與者），其主格格位標記均爲 i，如(2a-c)所示：

2a. ku-nau-ay　　　　　　　i　　*sigimuLi*受事者

　[我.屬格-看-受事焦點　主格　sigimuLi]

　'我看到 sigimuLi'

b. ku-paburas-ay　　　　　Da　kabun i　*pilay*接受者

　[我.屬格-借-受事焦點 斜格 帽子　主格 pilay]

　'我借給 pilay 帽子'

c. tu-Takaw-anay　　　　Da　　paysu i

　[他.屬格-偷-受惠者焦點 斜格　錢　　主格

*aTung*受惠者

[aTung]

'他為　aTung　偷錢'

（3）同樣的，當文法主語是表一事件的非主事者，但該非
　　主事者是由普通名詞標示，且為一個特定之參與者時
　　（較不可能為非特定之參與者），則不論該非主事者
　　是受事者、接受者、受惠者或工具參與者，其主格格
　　位標記均為 na，如(3a-c)：

　　3a. ku-salpit-ay　　　　　　　　na　　*walak*受事者

　　　　[我.屬格-鞭打-受事焦點　主格　小孩]

　　　　'我鞭打了(那)孩子'

　　　b. ku-beray-ay　　　　　　　Da　paysu na　*walak*接受者

　　　　[我.屬格-給-受事焦點 斜格 錢　　主格 小孩]

　　　　'我給(那)小孩錢'

　　　c. tu-LipuT-anay　　　　　　　na　*bira*工具 Da　kuraw

　　　　[他.屬格-包-工具焦點 主格 葉　　斜格　魚]

　　　　'他用葉子包魚'

斜格格位標記

　　除了表示文法主語的名詞前有主格格位標記、和表
地方的名詞前有處所格格位標記外，卑南語句中其他非
文法主語的名詞(組)前，也都有格位標記，統稱為斜格格

位標記。其所表徵的參與者很多，包括事件的主事者、
受事者、接受者、起源、處所、所有關係中的所有者、
受惠者、工具參與者、或事件發生的時間，例子分列如
下：

（1）主事者

  4a. tu-kan-aw　　　　　　　kan　*sigimuLi*主事者 na　　LaTu
   [他.屬格-吃-受事焦點 斜格 sigimuLi　　主格 芒果]
   'sigimuLi 吃掉了(那)芒果'

  b. tu-pakan-ay　　　　　　kana　*sigimuLi*主事者 na　　suan
   [他.屬格-餵-受事焦點 斜格 sigimuLi　　主格 狗]
   'sigimuLi 和他家人餵了(那)狗'

  c. tu-ekan-aw　　　　　na　　paTaka　kana　*suan*主事者
   [他.屬格-吃-受事焦點 主格 肉　　　斜格　狗]
   '(那)狗吃掉了肉'

（2）受事者

  5a. p-un-ukpuk=ku　　　　　kan　*sigimuLi*受事者
   [打-主事焦點- =我.主格　斜格　sigimuLi]
   '我打了 sigimuLi'

  b. m-a-ekan　　　　kana　*LaTu*受事者 i　　sigimuLi
   [主事焦點-重疊-吃 斜格 芒果　　主格 sigimuLi]
   'sigimuLi 正在吃(那)芒果'

  c. m-a-ekan　　　　　<u>Da</u>　*LaTu*_{受事者}　i　　sigimuLi

  [主事焦點-重疊-吃　斜格　芒果　　　主格　sigimuLi]

  'sigimuLi　正在吃芒果'

（3）接受者

  6a. ba-bulay=ku　　　　　　　　<u>kan</u>　*sigimuLi*_{接受者}

  [重疊-送.主事焦點=我.主格　　斜格　　sigimuLi

  Da　　kabun

  [斜格　帽子]

  '我將送 sigimuLi　帽子'

  b. tu-babuLas-anay　　　　　na　　tiliL kan　　sigimuLi

  [他.屬格-借-工具焦點　主格　書　斜格　sigimuLi

  <u>kan</u>　　*aTung*_{接受者}

  [斜格　aTung]

  'sigimuLi　把書借給　aTung'

（4）起源

  7. kibuLas=ku　　　　　　Da　　kabun　<u>kan</u>　*pilay*_{起源}

  [借.主事焦點=我.主格　斜格　帽子　　斜格　pilay]

  '我向　pilay　借帽子'

（5）處所

  8a. a-uka=ku　　　　　　　　　<u>kan</u>　*sigimuLi*_{處所}

  [重疊-去.主事焦點=我.主格　斜格　sigimuLi]

‘我將去 sigimuLi 那裡’

b. a-uka=ku   kana   *sigimuLi*_{處所}

[重疊-去.主事焦點=我.主格   斜格   sigimuLi]

‘我將去 sigimuLi 和他家人那裡’

c. tu-laseD-aw   na   paysu kana *Tabak*_{處所}

[他.屬格-藏-受事焦點   主格   錢   斜格   箱子]

‘他把錢藏在箱子裡’

（6）所有者

9a. makiteng   Dia tu-walak   kan   *sigimuLi*_{所有者}

[小.主事焦點 還   他.屬格-小孩 斜格   sigimuLi]

‘sigimuLi 的小孩還小’

b. mutani   tu-rebu   kana   *ayam*_{所有者}

[掉落.主事焦點 他.屬格-巢   斜格   鳥]

‘(那)鳥巢掉落了’

（7）受惠者

10. nu-Tinima-an   kan *manay*_{受惠者} na   ruma

[你.屬格-買-受事焦點 斜格 誰   主格   房子]

‘你為誰買(這)房子?’

（8）工具參與者

11. tu-LipuT-aw   Da   *bira*_{工具} na   kuraw

[他.屬格-包-受事焦點   斜格   葉子   主格   魚

kan　　　aTung

[斜格　　aTung]

'aTung 用葉子包魚'

(9) 時間

12a. me-nga-ngara=ku　　　　　　　kanu　　kana

[主事焦點-重疊-等=我.屬格　　你　　斜格]

wari-wari

[重疊-日]

'我每天等你'

b. m-uka=ku　　　　　　　i　　　　tayhok　　kana

[主事焦點-去=我.屬格　處所格　台北　　斜格]

bula-bulan

[重疊-月]

'我每個月去台北'

處所格格位標記

　　卑南語尚有一個符號 i²，會出現在表地方的名詞前面。例子如下：

13a. a-dalep=ku　　　　　　　　　la　　i　　　ruma

[重疊-近.主事焦點=我.主格　助詞　處所格　家]

────────────

² 有關 i 到底應為處所格格位標記或介系詞，此處不再作詳細討論，請參閱 Huang et al. (1998) 及 Tan (1997)。

'我快到家了'

b. kalupe   i   kyaedengan

[睡.主事焦點   處所格   床]

'睡床上！'

c. ulaya   i   parangaw   i   sigimuLi

[存在.主事焦點   處所格   台東   主格   sigimuLi]

'sigimuLi 在台東'

三、代名詞系統

卑南語的代名詞系統[3]，可分爲人稱代名詞、指示代名詞和疑問代名詞三種，以下先討論人稱代名詞。

人稱代名詞

卑南語的人稱代名詞共有六套，可歸類爲主格人稱代名詞、屬格人稱代名詞、斜格人稱代名詞和中性格人稱代名詞等四種，如下表所示：

---

[3] 有關卑南語及其他台灣南島語言的代名詞系統之討論，請參考 Huang, et al. (1996a & 1996b)。

表 4.2 卑南語的人稱代名詞系統

人　稱　代　名　詞		主格	屬　　　　格			斜格	中性格
數	人　稱	附著式	附著式 I	附著式II	自由式	自由式	自由式
單	一	=ku	ku-; ti-	-li	nanku	kanku	kuyku
	二	=yu	nu-	---	nanu	kanu	yuyu
數	三	Ø	tu-	-taw	nantu; nantaw	kantu; kantaw	taytaw
複	一　包含式	=ta	ta-	---	nanta	kanta	tayta
	排除式	=mi	niam-	---	naniam	kaniam; kanmi	mimi; maimi
	二	=mu	mu-	---	nanmu	kanmu	muymu
數	三	Ø	tu-	---	nantaw	kanaTungu	naTungu naDiyu na Tau

這六套人稱代名詞的分布情形如下：

(1) 主格人稱代名詞為附著式，且為寄生代名詞，永遠
　　附著在當謂語的動詞組（或名詞組）之第一個成份
　　後；這成份可能為動詞、否定詞或名詞。

(2) 屬格人稱代名詞則有附著式和自由式兩種；其中附
　　著式再分成 I、II 兩套。附著式 I 屬格人稱代名詞
　　為前綴，永遠附著在當謂語的動詞組（或名詞組）
　　之第一個成份前、或非謂語的名詞組中主要名詞之
　　前（不同於後綴的主格人稱代名詞），而附著式 II
　　的屬格人稱代名詞則為後綴。

(3) 斜格人稱代名詞和中性格人稱代名詞均為自由式代
　　名詞。

此外，由表 4.2 我們也可以發現下列諸點特徵：

(1) 所有人稱代名詞並無性別區分，即不論其表男性或表女性，形式均相同。

(2) 第一人稱複數代名詞有包含式和排除式兩種，前者包括說話者和聽話者，後者只包括說話者，而排除了聽話者。

(3) 附著式主格人稱代名詞缺少第三人稱單、複數形。

(4) 斜格人稱代名詞上顯現有人稱專有名詞的斜格格位標記 <u>kan</u> 和 <u>kana</u>。

以下分別討論上述六套人稱代名詞的功能與用法。

(1)(附著式)主格人稱代名詞

　　第一套人稱代名詞爲主格人稱代名詞，就語法功能上來說，它們是用來標示一個句子的文法主語，而不是語意主語，因此主格人稱代名詞有諸多語意功能，有時可標示一個事件的主事者，如例(1a-b)：

1a. m-enau=<u>ku</u>_{主事者}　　　　　　kan　　sigimuLi
　　[主事焦點-看見=我.主格　斜格　sigimuLi]
　　'我看到 sigimuLi'

　b. sagar=<u>yu</u>_{主事者}　　　　　　kan　　pilay　amaw
　　[喜歡.主事焦點=你.主格　斜格　pilay　疑問助詞]
　　'你喜歡 pilay 嗎？'

b'. aDi=yu_{主事者}　　　 sagar　　　　　　 kan　 pilay amaw

[否定詞=你.主格 喜歡.主事焦點　斜格　pilay 疑問助詞]

'你不喜歡　pilay　嗎?'

　　主格人稱代名詞有時亦可以標示參與者間的關係，如例(1c-d)所示：

1c. a　　　　 puyuma=ku_{關係}

[主格　卑南人=我.主格]

'我是卑南人'

c'. ameli=ku_{關係}　　　　 a　　　　　 puyuma

[否定詞=我.主格　主格　　卑南人]

'我不是卑南人'

d. tu-walak=yu_{關係}　　　　　 kan　 sigimuLi

[他.屬格-孩子=你.主格　斜格　 sigimuLi]

'你是　sigimuLi　的孩子嗎?'

主格人稱代名詞有時則用以標示一個事件的受事者(如例[1e-f])、接受者(如例[1g])、或受惠者(如例[1h])等：

1e. tu-nau-ay=ku_{受事者}　　　　　　 kan　　 sigimuLi

[他.屬格-看到-受事焦點=我.主格 斜格　 sigimuLi]

'我被　sigimuLi　看到了'

f. tu-salpit-ay=yu_{受事者}　　　　　 kan　　 pilay

[他.屬格-鞭打-受事焦點=你.主格　斜格　　 pilay

amaw

[疑問助詞]

'你被 pilay 鞭打了嗎?'

g. ku-beray-ay=yu接受者   Da   paysu

[我.屬格-給-受事焦點=你.主格   斜格   錢]

'我給你錢'

h. ti-kyumal-anay=yu受惠者   kan   aTung

[我.屬格-問-受惠者焦點=你.主格   斜格   aTung]

'我一定會為你向 aTung 問(那件事情)'

(２) 屬格人稱代名詞附著式Ⅰ

接下來要討論的第二套人稱代名詞為屬格人稱代名詞附著式Ⅰ，它可標示所有關係中的所有者，如例(2a-b)所示：

2a. ku-enay

[我.屬格-水]

'我的水'

b. ku-wadi

[我.屬格-弟弟]

'我的弟弟(妹妹)'

不同於稍後將討論的自由式屬格人稱代名詞，這套代名詞不能單獨用來回答問題，例如：

2c.問:kan　　manay　kabun　　iDini

　　　[斜格　誰　　　帽子　　　這]

　　　‘這是誰的帽子？’

　答:*ku-

　　　[我.屬格-]

　　　‘我的’

　　　再者，當附著式Ⅰ屬格人稱代名詞在句中標示「所有」關係時，則表徵所有物的名詞組須為該句的文法主語；換言之，此時附著式Ⅰ屬格人稱代名詞兼具有標示主格及屬格之效，例子如下：

2d. ma-kiteng　　　　Dia　　ku-walak

　　　[主事焦點-小　還　　我.屬格-小孩]

　　　‘我的孩子還小’

　e. ku-Timaan-ay　　　　　　　nu-kabun

　　　[我.屬格-賣-受事焦點　　你.屬格-帽子]

　　　‘我賣了你的帽子’

　　　此外，附著式Ⅰ屬格人稱代名詞在非主事焦點結構中（將於本章第四節「焦點系統」中討論），亦可用以標示主事者：

2f. ku-pi-wa-walak-aw　　　　　　　　i　　　sigimuLi

　　　[我.屬格-收養-重疊- -受事焦點　主格　sigimuLi]

　　　‘sigimuLi 將被我收養’

　　另外值得一提的是，第一人稱附著式Ⅰ代名詞有兩個形式 <u>ku-</u> 和 <u>ti-</u>；其他人稱均只有一個形式。<u>ku-</u> 和 <u>ti-</u> 的不同點在於 <u>ku-</u> 出現的範圍較廣，而 <u>ti-</u> 僅可用在非主事者為焦點重心的結構，且該句中的動詞表說話者有意願要做的未來事件中，如下二例所示：

2g. <u>ti</u>-salpit-ay　　　　　　　i　　　sigimuLi

　　　[我.屬格-鞭打--受事焦點　主格　sigimuLi]

　　　'我要鞭打 sigimuLi'

　h. <u>ti</u>-pakan-ay　　　　　　na　　walak

　　　[我.屬格-餵-受事焦點　主格　孩子]

　　　(i) '我要餵孩子吃'

　　　(ii)'我要讓孩子吃'

（3）屬格人稱代名詞附著式 II

　　　第三套討論的人稱代名詞為屬格人稱代名詞附著式 II。這套代名詞並不是每一人稱都有（目前僅發現第一人稱單數 -<u>li</u> 及第三人稱單數 -<u>taw</u>），同時其分布也頗受限制，僅可與表年長的親屬名詞一起出現，如例(3a-c)；年幼者則需用屬格人稱代名詞附著式Ⅰ，如例(3c')：

3a. nama-<u>li</u>

　　　[爸爸-我.屬格]

　　　'我爸爸'

b. mu-<u>li</u>　　　　　　mainayan

[祖父母-我.屬格　男性]

'我祖父'

c. ba-<u>li</u>　　　　na　　　babayan

[姊-我.屬格　連繫詞　女]

'我姊姊'

c'.<u>ku</u>-wadi　　　na　　　babayan

[我.屬格-妹　連繫詞　女]

'我妹妹'

此種屬格人稱代名詞有可能是借自魯凱語的屬格人稱代名詞，這有待日後進一步的探討。

(4) 自由式屬格人稱代名詞

　　接下來要討論的第四套人稱代名詞為自由式屬格人稱代名詞。如同屬格人稱代名詞附著式Ⅰ，它可以標示所有關係中的所有者，如例(4a-b)所示：

4a. <u>nanku</u>　　　walak

[我.屬格　小孩]

'我的孩子'

 b. <u>nanku</u>　　　wadi

[我.屬格　弟弟]

'我的弟弟(妹妹)'

不同於屬格人稱代名詞附著式Ⅰ，上述這套代名詞可以
單獨用來回答問題。例子如下：

4c.問:kan   manay kabun iDini

　　[斜格　誰　　帽子　　這]

　　'這是誰的帽子？'

　答: nanku

　　[我.屬格]

　　'我的'

　　此外，如同屬格人稱代名詞附著式Ⅰ，自由式屬格
人稱代名詞在非主事焦點結構中，亦可用以標示主事者
，如下例所示：

4d. nanku_{主事者}   retalit-ay   na   terukuk

　　[我.屬格　　殺-受事焦點　主格　雞]

　　'雞已經被我殺了'

(5)斜格人稱代名詞

　　接下來討論的是斜格人稱代名詞，它的功能頗多，
除了可以表示「所有、擁有」的關係(如例[5a])外，也可
以標示地點(如例[5b])：

5a. na suan i,   amauw nantaw kanu_{擁有者} walak

　　[　狗　主題標記　是　　他.屬格　你.斜格　孩子]

　　'這狗是你孩子的'

b. ulaya　　　　na　　suan　<u>kanu</u>處所　amaw

[在.主事焦點　主格　狗　　你.斜格　　疑問助詞]

'狗在你那裡嗎?'

　　有時，斜格人稱代名詞亦可標示主事焦點結構中的
受事者或接受者(如例[5c-d])，或非主事焦點結構中的主
事者(如例[5e])：

5c. sagar=ku　　　　　　　　<u>kanu</u>受事者

[喜歡.主事焦點=我.主格　　你.斜格]

'我喜歡你'

　d. ba-bulay=ku　　　　　　　　　<u>kanu</u>接受者　Da　　kabun

[重疊-送.主事焦點=我.主格　你.斜格　　斜格　帽子]

'我要送你帽子'

　e. nu-pi-wa-walak-aw　　　　　　　i　　sigimuLi

[你.屬格-收養-重疊- -受事焦點　　主格　sigimuLi

<u>kanu</u>主事者　amaw

[你.斜格　疑問助詞]

'sigimuLi 將要被你收養嗎?'

(6) 自由式中性格人稱代名詞

　　最後要討論的是自由式中性格人稱代名詞，它可以
出現在句首當主題，和附著式主格人稱代名詞同時出現
、相互呼應(如[6a-b])：

6a. <u>kuyku</u> i,　　　　marayas=**kú**　　kabekas

　　[我　　主題標記 經常=我.主格　　跑步.主事焦點]

　　'我啊，經常跑步'

　b. <u>kuyku</u>　　　i,　　　　　sagar=**kú**　　　　　　kanu

　　[我.中性格 主題標記 喜歡.主事焦點=我.主格 你.斜格]

　　'我喜歡你'

　　自由式中性格人稱代名詞也可以出現在等同句中的謂語位置(如[6c])，或單獨出現作為問題的答覆(如[6d])：

6c. <u>kuyku</u>　　　　na　　p-un-ukpuk　　kana　walak

　　[我.中性格　 主格　打-主事焦點- 斜格　 小孩]

　　'我就是打小孩的人'

　d.問: i manay　na　　　a-ekan　　　　　　　kana　LaTu

　　[誰　　 主格　未來式-吃.主事焦點 斜格　芒果]

　　'誰要吃這芒果?'

　答:<u>kuyku</u>

　　[我.中性格]

　　'我'

不過要注意的是，無論一個句子裡是否有另一個主格代名詞出現，自由式中性格人稱代名詞不可以當該句子的文法主語，如(6e-f)所示：

6e.*p-un-upuk=**ku**　　　　　　Da　　walak <u>kuyku</u>

　　[打-主事焦點- =我.主格　斜格　小孩 我.中性格]

'我打小孩'

f.*p-un-upuk   Da   walak   kuyku

[打-主事焦點-   斜格   小孩   我.中性格]

指示代名詞

接下來要探討的是卑南語的指示代名詞，這可分成用來標示人、物或標示地點兩類。

(1) 標示人、物的指示代名詞

在標示人、物的指示代名詞中，又可分成主格和斜格指示代名詞兩種，每種又再各分成兩類：一爲指人之單數和物（不論單複數），另一則爲指人之複數。此外，每一種指示代名詞可再依距離說（聽）話者遠近、看得見與否、和有無選擇性分成六類，如下表所示：

表 4.3 卑南語標示人、物的指示代名詞系統

距離	看得見與否	選擇性	主 格		斜 格		語意
			指人(單數)或物	專指人之複數	指人(單數)或物	專指人之複數	
靠近說話者	看得見	僅有者	iDi	naDi	kanDi	kanaDi	這
		多數之一	iDini	naDini	kanDini	kanaDini	這
靠近聽話者	看得見	僅有者	iDu	naDu	kanDu	kanaDu	那
		多數之一	iDunu	naDunu	kanDunu	kanaDunu	那
稍離兩者	看得見	無分別	iDiyu	naDiyu	kanDiyu	kanaDiyu	那
遠離兩者	不一定看得見	無分別	iDi:yu	naDi:yu	kanDi:yu	kanaDi:yu	較遠那個

(i) 主格指示代名詞

　　主格指示代名詞如同主格人稱代名詞一樣，可以表徵句子的文法主語，如例(7a-d)所示：

7a. i manay　naDiyu

　　[誰　　　那些.主格]

　　'那些人是誰？'

　b. i manay　iDiyu

　　[誰　　　那.主格]

　　'那個人是誰？'

　c. a manay　iDiyu

　　[什麼　　那.主格]

　　'那是什麼？'

　c'.*a manay　naDiyu

　　[什麼　　那些.主格]

　　'那些是什麼？'

　d. a　manay　iDini

　　[什麼　　這.主格]

　　'這是什麼？'(很多東西中之一)

由例(7a-d)，我們可以注意到這些指示代名詞會因所指涉的為「人」或「物」，句中謂語 manay 前的格位標記會跟著不同：指人時用 i，指物則用 a（請參考表 4.1「卑南語的格位標記系統」）。此外，若是指物，代名詞不

會因所指的爲單數或複數而有所不同，但指人時，則形式會有所不同；這不同處正呈現出人稱專有名詞前之格位標記：i 標示單數，na 標示複數。

　　主格指示代名詞也可以出現在句子的主題位置，如(7e)所示；同時也可與連繫詞 na 一起出現在名詞前，三者構成一名詞組，作爲句子的文法主語，如(7f)所示：

7e. iDini　　　　i,　　　　　　i　　　　sigimuLi

　　[這.主格　主題標記　主格　sigimuLi]

　　'這位啊，是 sigimuLi'(很多人中之一)

　f. maDina　　　　　　{iDini　　na　　　　samekan}

　　[大.主事焦點　這.主格　連繫詞　蚊子]

　　'這蚊子大'

(ii) 斜格指示代名詞

　　斜格指示代名詞則是用以表徵句中的非文法主語，可能是主事者(如[8a])、受事者(如[8b])、接受者(如[8c])；也可能是標示「所有」關係(如[8d])：

8a. tu-aLak-aw　　　　　　　na　　　tiliL　　kanDini

　　[他.屬格-拿-受事焦點　主格　書　　這.斜格]

　　'這(個人)拿走(這)書'

　b. sagar=ku　　　　　　　kanDini na　　　buLabuLayan

　　[喜歡.主事焦點=我.主格 這.斜格 連繫詞 姑娘]

'我喜歡這姑娘'

c. ø-beray=ku　　　　　Da　　tiliL　　kanDini

[主事焦點-給=我.主格　斜格　書　　這.斜格]

'我給這(個人)書'

d. i　manay tu-ngaLat　　kanDini　na　　　walak

[什麼　他.屬格-名字　這.斜格　連繫詞　孩子]

'這孩子叫什麼名字？'

(2)標示地點的指示代名詞

　　卑南語中用來標示地點的指示代名詞，除分成主格和處所格指示代名詞兩種外，每一種指示代名詞可再依距離說、聽話者和看得見與否分成四類，如下表所示：

表 4.4 卑南語標示地點的指示代名詞系統

距　　離	看得見與否	主　格	處 所 格	語　意
靠近說話者	看得見	kaDi; kaDini	ayiDi; ayiDini	這邊
靠近聽話者	看得見	kaDu; kaDunu	ayiDu; ayiDunu	那邊
稍離兩者	看得見	kaDiyu	ayiDiyu	那邊
遠離兩者	不一定看得見	kaDi:yu	ayiDi:yu	較遠那邊

例句如下：

9a.問:a　manay kema=ta　　　　　　　kaDini

[什麼　叫.主事焦點=咱們.主格　這裡]

'(咱們)這裡叫什麼？'

答:sihan　taygak　kema=ta　　　　　　　kaDini　a

[師範　大學　　叫.主事焦點=咱們.主格　這裡　　]

'(咱們)這裡叫師範大學'

b. sagar=ku　　　　　　　kaDini　kan　　na

[喜歡.主事焦點=我.主格　這裡

buLabuLayan

[姑娘]

'我喜歡這裡的姑娘'

10. ayiDini　　　i　　　sigimuLi

[這裡　　　主格　sigimuLi]

'sigimuLi 在這裡'

　　此外，標示地點的主格指示代名詞亦可用爲表地點的副詞，如下例所示：

11. Duwa　　　kaDini　na　　walak

[來.主事焦點　這裡　　主格　小孩]

'(那)小孩來這裡'

疑問代名詞

　　最後要談的代名詞爲疑問代名詞。卑南語的疑問代名詞，如下表所列：

表 4.5 卑南語的疑問代名詞

疑問代名詞	語　　意
manay	誰；什麼
isuwa	哪一個

由上表中的漢譯所示，疑問代名詞 <u>manay</u> 可以標示有生命的人或無生命的物，這可由其前的格位標記區別之。換言之，當 <u>manay</u> 前爲人稱專有名詞之格位標記 <u>i</u> 或 <u>kan</u> 時，<u>manay</u> 則用以標示人或與人有關的名字，如 (11a-d)所示：

11a. *i*　　　<u>manay</u>　na　aru　　aekan　kana　LaTu
　　[主格　誰　　主格　未來式　吃　　斜格　　芒果]
　　'誰要吃那芒果？'

　b. *i*　　　<u>manay</u>　　nu-ngaLad
　　[主格　誰　　　你.屬格-名字]
　　'你的名字叫什麼?'

　c. *kan*　　<u>manay</u>　kabun　　iDini
　　[斜格　誰　　　帽子　　　這]
　　'這是誰的帽子？'

　d. iDini na　　　ruma i,　　　　nu-na-niwanan　　*kan*
　　[這　連繫詞　房子　主題標記　你.屬格-重疊-賣　斜格
　　<u>manay</u>
　　[誰]

‘這房子你要賣給誰?’

若 <u>manay</u> 前為普通名詞之格位標記 <u>a</u> 或 <u>Da</u> 時，<u>manay</u> 所標者則為物，如例(12a-d)：

12a. *a*　　<u>manay</u>　iDiyu

　　[主格　什麼　　那.主格]

　　‘那是什麼？’

　b. *a*　　<u>manay</u> tu-a-kan-an　　　　　　　kan　pilay

　　[主格　什麼　他.屬格-重疊-吃-受事焦點 斜格 pilay]

　　‘pilay 要吃什麼？’

　c. m-ekan　　　*Da*　　<u>manay</u>　i　　sigimuLi

　　[主事焦點-吃 斜格　什麼　　主格　sigimuLi]

　　‘sigimuLi 吃了什麼？’

　d. m-uisaT=yu　　　　*Da*　<u>manay</u> m-uka

　　[主事焦點-坐=你.主格 斜格　什麼　主事焦點-去

　　i　　　　takaw

　　[處所格　高雄]

　　‘你坐什麼去高雄？’

　　除了 <u>manay</u> 外，另一個疑問代名詞為表選擇的 <u>isuwa</u>。如同普通名詞一樣，<u>isuwa</u> 前可有格位標記 <u>na</u> 或 <u>kana</u>，例句如下：

13a. nu-a-aLak-i　　　　　　　　　　*na*　<u>isuwa</u>

　　[你.屬格-重疊-要-受事焦點　主格　哪一個]

'你要哪一個？'

b. maTina　　　***na***　　　isuwa

[大.主事焦點　主格　哪一個]

'哪一個大？'

c. sagar=yu　　　　　***kana***　isuwa

[喜歡.主事焦點=你.主格　斜格　哪一個]

'你喜歡哪一個？'

卑南語尚有一些非代名詞的疑問詞，將於本章第九節「疑問句結構」中加以探討。

四、焦點系統

從語意上來看，「焦點」是指說話者在一事件中，特別強調的某個參與者。語法上，這接受強調成為重要的參與者即為句子結構中的主語，而與動詞上的某些詞綴形成呼應。台灣原住民語言大多數均有焦點系統，一般包括①主事焦點、②受事焦點、③處所焦點、④工具、受惠者焦點等四種焦點結構，表句子中之主語所代表的參與者分別為①主事者、②受事者、③處所、④工具、受惠者等。

卑南語亦有焦點系統，然依據現有採集到的語料顯示，僅有上述四種焦點中之三種，即①主事焦點、②受事

焦點、③工具、受惠者焦點。這三種焦點會隨著句子為肯定陳述句、否定陳述句、肯定祈使句或否定祈使句，在動詞上會有不同的標示，如下表所示：

表 4.6 卑南語的焦點系統

句型 焦點	陳 述 句		祈 使 句	
	肯 定 句	否 定 句	肯 定 句	否 定 句
主事焦點	m-;ma-;me-;mi-;mu-;-em-;-en-;-un-;ø		ø	
受事焦點	-aw;-ay;-anay;-i;-in-	-i;-an	-i;-u;-an	-i;-u
工具焦點 受惠者焦點	-anay		-an	

以下分別討論各種不同焦點的結構。

主事焦點 (AF)

首先要檢視的焦點標記為各種類型句子中所含的主事焦點標記。

（1）肯定及否定陳述句

如上表所示，當焦點重心為主事者，且句子為陳述句時，則不論是肯定句或否定句，動詞上的焦點標記為 <u>m</u>-, <u>ma</u>-, <u>me</u>-, <u>mi</u>-, <u>mu</u>-, -<u>em</u>-, -<u>en</u>-[4], -<u>un</u>- 或 ø。至於何時採

---

[4] 在本書第二章卑南語音韻結構中，曾提及第五條音韻規則「鼻音異化現象」，即當動詞詞幹的第一個音為 /p; b; m/，且主事者為重心的焦點標記

用上述某一個主事焦點標記,應是由動詞來決定之。以下為含有這些焦點標記的肯定陳述句及否定陳述句(動詞中畫底線部份為焦點標記,句中斜體部份則為表焦點重心的代名詞或名詞組):

(i) 肯定陳述句

　1a. m-uka=*ku* 　　　　　　m-ialup-a
　　　[主事焦點-去=我.主格　主事焦點-打獵- 　]
　　　'我去打獵'

　 b. ma-tia=*ku* 　　　　　kan 　sigimuLi
　　　[主事焦點-夢見=我.主格 斜格　sigimuLi]
　　　'我夢見 sigimuLi'

　 c. me-laub=*ku* 　　　　Da 　enay
　　　[主事焦點-舀=我.主格 斜格　水]
　　　'我舀水'

　 d. mi-beras=*yu* 　　　　amau
　　　[主事焦點-帶米=你.主格 疑問助詞]
　　　'你帶米了嗎?'

　 e. mu-laseD 　 i 　　 LikuDan kana 　kawi 　*na*
　　　[主事焦點-藏 處所格 後面 　　斜格 樹 　　主格
　　　walak
　　　[孩子]

為中綴 -em- 時,-em- 會改變成 -en-。

‘(那)孩子藏在樹後’

f. T-<u>em</u>-ima=ku　　　　　　　Da　　kabun

[買-主事焦點-　=我.主格　斜格　帽子]

‘我買帽子’

g. p-<u>un</u>-ukpuk　　　　kantu　walak　*na*　　*babayan*

[打-主事焦點-　　他的　小孩　主格　女人]

‘(那)女人打她的小孩’

h. ø-Duwa　　　　kaDini　*i*　　*pilay*

[主事焦點-來　　這裡　　主格　pilay]

‘pilay 來這裡’

(ii) 否定陳述句

2a. aDi=*ku*　　　　　　<u>m</u>-uka　　　　<u>m</u>-ialup-a

[否定詞=我.主格　主事焦點-去　主事焦點-打獵-]

‘我沒有去打獵’

b. aDi=*ku*　　　　　　<u>ma</u>-tia　　　　kan　　sigimuLi

[否定詞=我.主格　主事焦點-夢見　斜格　sigimuLi]

‘我沒有夢見 sigimuLi’

c. aDi=*ku*　　　　　　<u>me</u>-laub　　　Da　　enay

[否定詞=我.主格　主事焦點-舀　斜格　水]

‘我沒有舀水’

d. aDi=*ku*　　　　　　<u>mi</u>-beras

[否定詞=我.主格　主事焦點-帶米]

'我沒有帶米'

e. aDi   <u>mu</u>-laseD   i   LikuDan   kana kawi

[否定詞 主事焦點-藏   處所格 後面   斜格 樹

na   walak

[主格 孩子]

'(那)孩子沒有藏在樹後'

f. aDi=*ku*   T-<u>em</u>-ima   Da   kabun

[否定詞=我.主格 買-主事焦點-   斜格 帽子]

'我沒有買帽子'

g. aDi   p-<u>un</u>-ukpuk   kantu   walak *na*

[否定詞 打-主事焦點-   他.屬格 小孩   主格

babayan

[女人]

'(那)女人沒有打她的小孩'

h. aDi   <u>ø</u>-Duwa   kaDini   *i*   *pilay*

[否定詞 主事焦點-來 這裡   主格 pilay]

'pilay 沒有來這裡'

上面例句(1a-h)和(2a-h)均為主事者為焦點重心，同時也均標示習慣性或已發生之事件。當句子要標示未來事件時，則上述主事焦點標記均不會出現。有關未來事件的標示方法將於本章第五節「時貌(語氣)系統」中討論之。

注意上面例句中之主語所代表的參與者均為該事件之主事者，然這參與者亦可為其他的角色，如較無動作

、表靜態之經驗者，例(1i-j)：

1i. <u>ma</u>-sepel　　　　　*na*　　*babayan*

　　[主事焦點-悲傷　主格　女人]

　　'(邪)女人感到悲傷'

　j. <u>ø</u>-asaT　　　　　*na*　　*tengal*

　　[主事焦點-高　主格　山]

　　'(邪座)山高'

（2）肯定及否定祈使句

　　當焦點重心為主事者，而句子為祈使句時，則不管是肯定句或否定句，動詞上的主事焦點標記均為 ø。例子如下：

(i)　肯定祈使句

3a. uka-<u>ø</u>　　　　　　m-ialup-a

　　[去-主事焦點　主事焦點-打獵-　]

　　'去打獵！'

　b. kalupe-<u>ø</u>　　　　　la

　　[睡覺-主事焦點　助詞]

　　'睡覺了！'

　c. deru-<u>ø</u>　　　　　Da　　biTenun

　　[煮-主事焦點　斜格　蛋]

　　'煮蛋！'

d. ekan-ø   Da   biTenun

[吃-主事焦點   斜格   蛋]

'吃蛋！'

(ii) 否定祈使句

4a. aDi   a-uka-ø

[否定詞   重疊-去-主事焦點]

'別去！'

b. aDi   ka-la-lupe-ø

[否定詞   睡覺-重疊-主事焦點]

'別睡覺！'

c. aDi   a-ekan-ø   Da   biTenun

[否定詞   重疊-吃-主事焦點   斜格   蛋]

'別吃蛋！'

d. aDi   ba-base-ø   Da   kirwan

[否定詞   重疊-洗-主事焦點   斜格   衣服]

'別洗衣服！'

受事焦點 (PF)

接著要檢視的焦點標記為各種類型句子中所含的受事焦點標記。如前所述，主事焦點標記僅依句子為陳述句或祈使句而分為兩套，但受事焦點標記則又會再因句子為肯定句或否定句細分成四套，以下分述之。

（1）肯定陳述句

　　當焦點重心為受事者，且句子為肯定陳述句時，動詞上的受事焦點標記為 –aw, -ay, -anay, -i 或 -in-。例句如下：

1a. ku-ekan-aw　　　　　　　la　　na　　biTenun
　　[我.屬格-吃-受事焦點　助詞　主格　蛋]
　　'(那個)蛋被我吃了'

　b. ku-sabsab-ay　　　　　　nu-Lima
　　[我.屬格-洗-受事焦點　你.屬格-手]
　　'我洗你的手'

　c. ku-tilu-anay　　　　　　na　　suan i　　　pitawan
　　[我.屬格-栓-受事焦點　主格　狗　處所格　門口]
　　'我把狗栓在門口'

　d. ku-pa-papulas-i　　　　　　Da　paysu na　　Tau
　　[我.屬格-重疊-借-受事焦點　斜格　錢　主格　人]
　　'我將借給那個人錢'

　e. tu-p-in-urepu　　　　　　　kan　pilay
　　[他.屬格-起火-受事焦點.完成貌-　斜格　pilay]
　　'這是 pilay 起的火'

　　至於何時用上述的某一個焦點標記，目前尚不清楚，有時似乎和時貌有關，如下面例句所示（-aw 用在完成貌，而 -ay 用在進行貌）：

1f. Tekel-<u>aw</u>　　　la　*nanku*　*enay*　kan　sigimuLi

[喝-受事焦點 助詞 我.屬格 水　　　斜格　sigimuLi]

'我的水被 sigimuLi 喝了'

g. ku-Ta-Tekel-<u>ay</u>　　　　　　　*na*　　*enay*

[我.屬格-重疊-喝-受事焦點　　主格　水]

'水正被我喝著'

不過，利用不同的受事焦點標記來區別時貌，並不適用於所有的動詞，比較下二例（ <u>-ay</u> 和 <u>-anay</u> 均出現在表未來事件的句子中）：

1h. ku-na-niwan-<u>ay</u>　　　　　*iDuna*　　*ruma*

[我.屬格-重疊-賣-受事焦點　　那　　　房子]

'我要賣那房子'

i. ku-na-niwan-<u>anay</u>　　　　　*iDuna*　　*ruma*

[我.屬格-重疊-賣-受事焦點　　那　　　房子]

'我要賣那房子'

是故不同受事焦點標記間之差異，仍有待未來進一步的研究。

（2）否定陳述句

當句子為否定陳述句時，動詞上的受事焦點標記為 -<u>i</u> 或 -<u>an</u>。例子如下：

2a. aDi   tu-kerut-<u>i</u>   *na*   *bu'ir*   kan

   [否定詞 她.屬格-挖-受事焦點   主格 芋頭 斜格

   nana-li

   [媽媽-我.屬格]

   '芋頭沒有被媽媽挖走'

  b. aDi   ku-Ta-Tima-<u>an</u>   *iDuna*   *ruma*

   [否定詞 我.屬格-重疊-賣-受事焦點 那   房子]

   '我不要賣那房子'

  c. aDi   ku-na-niwan-<u>an</u>   *iDina* *ruma*

   [否定詞 我.屬格-重疊-賣-受事焦點 那   房子]

   '我不要賣那房子'

比較上面的例子，我們發現受事焦點標記 -<u>i</u> 或 -<u>an</u> 的使用似乎與該事件的時貌有關（即 -<u>i</u> 用在標示過去的事件，而 -<u>an</u> 用在未來的事件），不過這仍需要作更深入的研究。

（3）肯定祈使句

    若句子為肯定祈使句時，動詞上的焦點標記為 -<u>i</u>，-<u>u</u> 或 -<u>an</u>，如下面例子所示：

3a. base-<u>i</u>   *nu-kirwan*

   [洗-受事焦點   你.屬格-衣服]

   '洗你的衣服！'

b. kan-<u>u</u>　　　　　*na*　　*biTenun*
[吃-受事焦點　主格　蛋]
'吃(那個)蛋！'

c. deru-<u>u</u>　　　　　*na*　*biTenun*
[煮-受事焦點　主格　蛋]
'煮(那個)蛋！'

d. reta-<u>an</u>　　　　*na*　　*walak* i　　　yodan
[放置-受事焦點　主格　小孩　處所格　搖籃]
'把小孩放在搖籃裡！'

　　至於三個受事焦點標記中何時使用其中的一個，至今仍是一個謎，例如下二例中同一個動詞可以附加不同的受事焦點標記，但語意並無差別；這也需要更進一步的研究。

3e. sabsab-<u>i</u>　　　　*nu-Lima*
[洗-受事焦點　你.屬格-手]
'洗手！'

f. sabsab-<u>an</u>　　Da　　sabun *nu-Lima*
[洗-受事焦點 斜格　肥皂　你.屬格-手]
'用肥皂洗手！'

（4）否定祈使句

　　接下來要探討的是否定祈使句中的受事焦點標記 -<u>i</u>

和 -u，例子如下：

4a. aDi ba-base-i   *na* *kirwan*
　　[否定詞　重疊-洗-受事焦點　主格　衣服]
　　'不要洗(那)衣服！'

 b. aDi a-ekan-i   *na* *biTenun*
　　[否定詞　重疊-吃-受事焦點　主格　蛋]
　　'不要吃(這個)蛋！'

 c. aDi da-deru-i   *na* *biTenun*
　　[否定詞　重疊-煮-受事焦點　主格　蛋]
　　'不要煮(那個)蛋！'

 d. aDi pa-paiT-u   *na* *ruma*
　　[否定詞　重疊-燒-受事焦點　主格　房子]
　　'不要燒房子！'

檢視上面的例子，我們發現否定祈使句中，何時使用受事焦點標記 -i 或 -u，似乎受制於動詞的類別。不過，有時同一個動詞兩種標記均可使用，只是語意有所不同，如(4d)表示命令，(4e)表示請求：

4d. aDi pa-paiT-u   *na* *ruma*
　　[否定詞　重疊-燒-受事焦點　主格　房子]
　　'不要燒(那個)房子！'

 e. aDi pa-paiT-i   *na* *ruma*
　　[否定詞　重疊-燒-受事焦點　主格　房子]

'(請)不要燒(那個)房子！'

但這種差異並不適用於所有動詞，需要更進一步的研究、分析。

工具焦點 (IF)

第三個要檢視的焦點標記為各種類型句子中所含的工具焦點標記。如同主事焦點標記，工具焦點標記也只有兩套；但不同於前者的是肯定陳述句中的工具焦點標記屬一套，其餘句型中的工具焦點標記屬另一套，以下分述之。

(1) 肯定陳述句

當焦點重心為工具參與者，且句子為肯定陳述句時，動詞上的工具焦點標記為 -anay，如下面例子所示：

1a. ku-alup-<u>anay</u>　　　　　Da　　babuy *na*　　*kuang*
　　[我.屬格-獵-工具焦點　斜格　山豬　主格　槍]
　　'我用(這)槍獵山豬'

　b. ku-garedim-<u>anay</u>　　　　Da　DinkeLan *na*　　*garedim*
　　[我.屬格-剪布-工具焦點　斜格 布　　　　主格剪刀]
　　'我用剪刀剪布'

c. ku-Tai-<u>anay</u>　　　　　Da　kirwan *na*　*DinkeLan*

[我.屬格-做-工具焦點 斜格 衣服　主格　布]

'我用布做衣服'

d. ku-Tima-<u>anay</u>　　　　Da　manay *na*　　*paysu*

[我.屬格-買-工具焦點　斜格　東西　主格　錢]

'我用錢買東西'

e. tu-LipuT-<u>anay</u>　　　　*na*　　*bira* Da　kuraw

[他.屬格-包-工具焦點　主格　樹葉　斜格　魚

kan　aTung

[斜格　aTung]

'aTung 用(這)樹葉包魚'

　　接下來探討的是是卑南語中，否定陳述句、肯定祈使句及否定祈使句中的工具焦點標記。如前所述，這些句型中的工具焦點標記相同，即為 -<u>an</u>，例子如下。

（2）否定陳述句

2a. aDi　　ku-alup-<u>an</u>　　　　Da　babuy *na*　*kuang*

[否定詞 我.屬格-獵-工具焦點 斜格 山豬　主格 槍]

'我沒有用(這)槍獵山豬'

b. aDi　　ku-beray-<u>an</u>　　　　　*na*　*kabun* kan pilay

[否定詞 我.屬格-給-工具焦點 主格 帽　　斜格 pilay]

'我沒有把帽子給 pilay'

（3）肯定祈使句

3a. alup-<u>an</u>　　　Da　babuy　*na*　　*kuang*
　　[獵-工具焦點 斜格 山豬　　主格　槍]
　　'用(那)槍獵山豬！'

b. beray-<u>an</u>　　*na*　　*kabun*　kan　　pilay
　　[給-工具焦點 主格　帽　　　斜格　pilay]
　　'把帽子給 pilay！'

（4）否定祈使句

4a. aDi　　　alup-<u>an</u>　　　Da　　babuy　*na*　　*kuang*
　　[否定詞　獵-工具焦點　斜格　　山豬　主格　槍]
　　'不要用(那)槍獵山豬！'

b. aDi　　ba-beray-<u>an</u>　　　*na*　*kabun* kan　　pilay
　　[否定詞 重疊-給-工具焦點 主格 帽子　斜格　pilay]
　　'不要把帽子給 pilay！'

受惠者焦點 (BF)

　　第四個要檢視的焦點標記為各種類型句子中所含的
受惠者焦點標記。這類焦點標記與工具焦點標記相同，
以下分述之。

（1）肯定陳述句

　　當焦點重心為受惠者，且句子為肯定陳述句時，動

詞上的受惠者焦點標記爲 -anay，例子如下：

1a. ku-alup-<u>anay</u>　　　　　　　Da　　babuy *i*　　　*pilay*

[我.屬格-獵-受惠者焦點　斜格　山豬　主格　pilay]

‘我爲 pilay 獵山豬’

b. ku-abak-<u>anay</u>　　　　　　Da　enay *i*　　*nana-li*

[我.屬格-裝-受惠者焦點　斜格　水　　主格　媽媽-我.屬格]

‘我幫我媽媽裝水了’

c. ku-laub-<u>anay</u>　　　　　　Da　　enay　　　*i*

[我.屬格-舀-受惠者焦點　斜格　水　　　主格

nama-li

[爸爸-我.屬格]

‘我爲爸爸舀水’

d. deru-<u>anay</u>　　　Da　　biTenun *na*　　*walak* kan

[煮-受惠者焦點　斜格　蛋　　　主格　孩子　斜格

nana-li

[媽媽-我.屬格]

‘我媽媽爲孩子煮蛋’

接下來探討的是否定陳述句、肯定祈使句及否定祈使句中的受惠者焦點標記 -<u>an</u>，例子如下。

（2）否定陳述句

2a. aDi　　　ku-alup-<u>an</u>　　　　　　　Da　babuy

[否定詞　我.屬格-獵-受惠者焦點　斜格　山豬

> *i   pilay*
>
> [主格 pilay]
>
> '我沒有爲 pilay 獵山豬'

b. aDi   ku-abak-<u>an</u>   Da   enay

[否定詞 我.屬格-裝-受惠者焦點   斜格   水

     i   nana-li

[主格 媽媽-我.屬格]

'我沒有幫媽媽裝水'

c. aDi   ku-laub-<u>an</u>   Da   enay

[否定詞 我.屬格-舀-受惠者焦點   斜格   水

     i   nama-li

[主格 爸爸-我.屬格]

'我沒有爲爸爸舀水'

（3）肯定祈使句

3a. abak-<u>an</u>   Da   enay   *i*   *nana-li*

[裝-受惠者焦點 斜格   水   主格   媽媽-我.屬格]

'幫我媽媽裝水！'

b. laub-<u>an</u>   Da   enay   *i*   *nama-li*

[舀-受惠者焦點 斜格   水   主格   爸爸-我.屬格]

'爲我爸爸舀水！'

c. deru-<u>an</u>   Da   biTenun *na*   *walak*

[煮-受惠者焦點 斜格   蛋   主格   孩子]

‘為孩子煮蛋！’

（4）否定祈使句

4a. aDi　　　a-abak-<u>an</u>　　　　　　Da　　　enay　　i

　　[否定詞　重疊-裝-受惠者焦點　　斜格　　水　　　主格

　　nana-li

　　[媽媽-我.屬格]

　　‘不要幫我媽媽裝水！’

　b. aDi　　　la-laub-<u>an</u>　　　　　　Da　　　enay　　i

　　[否定詞　重疊-舀-受惠者焦點　　斜格　　水　　　主格

　　nama-li

　　[爸爸-我.屬格]

　　‘不要為我爸爸舀水！’

五、時貌(語氣)系統

　　語言中，用以標示一個事件發生的時間、與說話者說話的時間之相對關係的語法機制，稱為該語言的時制系統，通常可分為「過去式」（事件發生時間在說話時間之前）、「現在式」（事件發生時間與說話時間重疊）、「未來式」（事件發生時間在說話時間之後）等。另外，用以標示一事件發生的狀態或樣子之語法表徵，則稱為該語言的動貌系統，通常可分為「完成貌」、「起始貌」、「經

驗貌」、「非完成貌」、「持續貌」、「進行貌」等。至
於「語氣」系統,則是指語言中,用以標示說話者描述一
事件時所持態度的語法機制,可分爲肯定、假設、祈求等
。由於在研究台灣南島語言結構中,上述這三個系統似乎
常無法完全釐清,故本書將此三系統合併討論,稱爲「時
貌(語氣)系統」。

　　卑南語時貌(語氣)的呈現有兩種方法,一種是利
用動詞的詞綴(包括焦點標記)及重疊,另一種則是藉
由時間副詞。以下先介紹利用動詞詞綴及重疊來表示時
貌。

動詞詞綴及重疊

　　卑南語中利用各類焦點標記及重疊來標示的時貌(
語氣)系統,可歸納如下表:

表 4.7　卑南語的時貌(語氣)系統

焦點重心	焦點符號	實現狀				非實現狀	
		過去式習慣性	例字	進行式	例字	未來式	例字
主事者	m-	m-RT	m-uka 去	m-*a*-RT	m-*a*-uka	*a*-RT	*a*-uka
	ma-	ma-RT	ma-tya 作夢	ma-RC-*a*-RT	ma-t-*a*-tia	---	---
	me-	me-RT	me-laub 舀水	me-RC-*a*-RT	me-l-*a*-laub	RC-*a*-RT	l-*a*-laub
	mi-	mi-NRT	mi-beras 帶米	mi-*a*-NRT	mi-*a*-beras	pi-*a*-NRT	pi-*a*-beras
	ø	ø-RT	purepu 起火	ø-RS-*a*-RT	pu-*a*-repu	RS-*a*-RT	pu-*a*-repu
	-em-	RC-em-RT	d-em-irus 洗	RC-em-*a*-RT	d-em-*a*-dirus	RC-*a*-RT	d-*a*-dirus
受事者	-aw	RT-aw	Tekel-aw 喝	RC-*a*-RT-aw	T-*a*-Tekel-aw	---	---
	-ay	RT-ay	Tima-ay 買	RC-*a*-RT-ay	T-*a*-Tima-ay	---	---
	-i	---	---	---	---	RC-*a*-RT-i	T-*a*-Tekel-i T-*a*-Tima-i
工具、受惠者	-anay	RT-anay	beray-anay 給	RC-*a*-RT-anay	b-*a*-beray-anay	---	---
	-an	---	---	---	---	RC-*a*-RT-an	b-*a*-beray-an

[註] RT:詞根　RC:詞根之第一個子音　RS:詞根之第一音節　NRT:名詞詞根

　　如上表所示，卑南語利用動詞詞綴（包括焦點標記）及動詞的部份重疊以標示事件的時貌、語氣，可分成實現狀和非實現狀兩種，其中實現狀又可再分成標示習慣性的事件、過去已發生的事件、及現在正在進行的事件三類；而非實現狀主要乃指未來才會或不會發生的事件、或過去沒有發生的事件。以下分別討論之。

（1）實現狀

在卑南語中，通常一個僅含有主事焦點標記而沒有其他詞綴的動詞，可以標示一個過去已經發生的事件或一個習慣性的事件。例句如下：

1a. <u>me</u>-laub=ku   Da   enay
　　[主事焦點-舀=我.主格　斜格　水]
　　'我舀水'

b. <u>ma</u>-tia=ku   kan   sigimuLi
　　[主事焦點-夢=我.主格　斜格　sigimuLi]
　　'我夢到 sigimuLi'

c. T-<u>em</u>-ekel=ku   Da   enay
　　[喝-主事焦點-　=我.主格　斜格　水]
　　'我喝水'

d. <u>m</u>-ekan=ku   Da   biTenun
　　[主事焦點-吃=我.主格　斜格　蛋]
　　'我吃蛋'

e. <u>ø</u>-purepu   i   pilay
　　[主事焦點-起火　主格　pilay]
　　'pilay 起火'

同樣的，一個含有非主事焦點標記的動詞也可以標示一個過去已發生的事件或慣常發生的事件。例句如下：

2a. ku-Tekel-<u>aw</u>　　　　　　na　　enay

　　[我.屬格-喝-受事焦點　主格　水]

　　'我喝(那)水'

　b. ku-paiT-<u>aw</u>　　　　　　na　　ruma

　　[我.屬格-燒-受事焦點　主格　房子]

　　'我燒(那)房子'

　c. ku-beray-<u>ay</u>　　　　　　Da　　kabun　taytaw

　　[我.屬格-給-受事焦點　斜格　帽子　他]

　　'我給他帽子'

　d. ku-paburas-<u>ay</u>　　　　　Da　　kabun　taytaw

　　[我.屬格-借出-受事焦點　斜格　帽子　他]

　　'我借他帽子'

　e. ku-beray-<u>anay</u>　　　　　na　　kabun　kantaw

　　[我.屬格-給-工具焦點　主格　帽子　他]

　　'我給他(這)帽子'

　f. ku-paburas-<u>anay</u>　　　　na　　kabun　kantaw

　　[我.屬格-借出-工具焦點　主格　帽子　他]

　　'我借(這)帽子給他'

　　當一個動詞除了有主事焦點標記或非主事焦點標記的詞綴外，尚有部份重疊及母音 /a/（或只有添加母音 /a/）時，則該動詞可以表一個正在進行的事件。例句如下：

3a. <u>me</u>-**la**-laub=ku   Da   enay

[主事焦點-重疊-舀=我.主格   斜格   水]

'我正在舀水'

  b. **T**-<u>em</u>-**a**-Tekel=ku   Da   enay

[重疊-主事焦點-重疊-喝=我.主格   斜格   水]

'我正在喝水'

  c. m-**a**-akan=ku   Da   biTenun

[主事焦點-重疊-吃=我.主格   斜格   蛋]

'我正在吃蛋'

  d. pu-a-repu   i   pilay

[起火.主事焦點-重疊-   主格 pilay]

'pilay 正在起火'

4a. tu-sa-**ra**-rpit-<u>ay</u>=ku   kan

[他.屬格-打-重疊-   -受事焦點=我.主格   斜格

sigimuLi

[sigimuLi]

'sigimuLi 在打我'

  b. ku-**Ta**-Tekel-<u>ay</u>   na   enay

[我.屬格-重疊-喝-受事焦點   主格   水]

'我正在喝水'

（2）非實現狀

    至於未來才會發生的事件，則由不含主事焦點標記

的動詞之部份重疊及母音 /a/（或只有添加母音 /a/）來
標示之，如例(5a-e)；或由含非主事焦點標記的動詞來標
示之，如例(6a-d)：

5a. **la**-laub=ku　　　　　　Da　　enay
　　[重疊-舀=我.主格　斜格　水]
　　'我即將舀水'

　b. **Ta**-Tekel=ku　　　　　　Da　　enay
　　[重疊-喝=我.主格　斜格　水]
　　'我要喝水'

　c. **a**-ekan=ku　　　　　　　Da　　biTenun
　　[重疊-吃=我.主格　斜格　蛋]
　　'我將要吃蛋'

　d. **pa**-paiT=ku　　　　　　Da　　ruma
　　[重疊-燒=我.主格　斜格　房子]
　　'我要燒房子'

　e. **nga**-ngara=ku　　　　kan　　sigimuLi
　　[重疊-等=我.主格　斜格　sigimuLi]
　　'我要等 sigimuLi'

6a. ku-naniwan-<u>ay</u>　　　　　na　　ruma
　　[我.屬格-賣-受事焦點　主格　房子]
　　'我要賣(那)房子'

　b. ku-pait-<u>aw</u>　　　　　　na　　ruma
　　[我.屬格-燒-受事焦點　主格　房子]

‘我要去燒房子’

c. ti-ngara^y-<u>aw</u>   i   sigimuLi

[我.屬格-等-受事焦點 主格 sigimuLi]

‘我要等 sigimuLi’

d. ti-tapela-<u>anay</u>   i   sigimuLi

[我.屬格-揀-受事焦點 主格 sigimuLi]

‘我要揀 sigimuLi’

助動詞

卑南語有 <u>aru</u> 一個助動詞，當要標示一個未來才會發生的事件時，則不論是主事焦點句或非主事焦點句，均可在句首加入這個助動詞，再配合動詞之部份重疊及母音 /a/ (如[7a-c])、或只有母音 /a/ (如[7d-e])，或含非主事焦點標記之動詞來標示之(如[8])：

7a. **aru**   <u>da</u>-dirus=ku

[未來式 重疊-洗澡=我.主格]

‘我要洗澡’

b. **aru**   <u>la</u>-lisaw=ku   Da   takiL

[未來式 重疊-洗=我.主格 斜格 杯子]

‘我要洗杯子’

c. **aru**   <u>da</u>-dirus=ku

[未來式 重疊-洗=我.主格]

‘我將要洗’

d. **aru**　　　pu-<u>a</u>-repu　　　i　　　pilay

　　[未來式　起火-重疊-　　主格　pilay]

　　'pilay 將要起火'

e. **aru**　　　<u>a</u>-alup=ku　　　　Da　　babuy　kan

　　[未來式　重疊-打獵=我.主格　斜格　山豬　斜格]

　　nama-li

　　[爸爸-我.屬格]

　　'我將為爸爸獵山豬'

8. **aru**　　　dirus-<u>aw</u>=ku

　　[未來式　洗澡-受事焦點=我.主格]

　　'我將被洗澡'

六、存在句（所有句、方位句）結構

　　如同大多數的台灣南島語一樣，卑南語也有存在句、方位句和所有句三種結構。存在句是用以表示某物、某人存在的句子；方位句是藉以介紹某物、某人在某處的句型；所有句則是標示一種擁有、領屬關係的句子。由於卑南語的存在句、方位句和所有句三種結構非常相似，其肯定句和否定句均由一個動詞來引介之。以下就三種結構之肯定句和否定句分別討論之。

肯定存在句、方位句和所有句

　　卑南語的存在句、方位句和所有句三種結構的肯定句均由動詞 <u>ulaya</u> 引導，出現在句首，作為謂語。雖然這三種結構都是由動詞 <u>ulaya</u> 引介，但仔細比較，仍可以發現三種結構有不同的地方，以下分別討論之。

（1）肯定存在句

　　肯定存在句最重要的成份為句首的動詞和其後表示參與者的主語，即「動詞—主語」，如(1a-c)所示；若句中有標示地點的名詞(組)出現時，則必出現在主語之後（不可在其前），即「動詞—主語—處所」，如(1d-f)所示（斜體字為該句之主語）：

1a. <u>ulaya</u>　{*a*　　*gung*}主語　　amaw

　　[存在　主格　牛　　　　疑問助詞]

　　'有牛嗎？'

b. <u>ulaya</u>　{*a*　　*walu*}主語

　　[存在　主格　糖果]

　　'有糖果'

c. <u>ulaya</u>　{*a*　　*kyaDengan*}主語

　　[存在　主格　睡的地方]

　　'有睡的地方'

d. <u>ulaya</u>　{*a*　　*kuraw*}主語　　{i　　　　kaLi}處所

　　[存在　主格　魚　　　　處所格　河]

‘河中有魚’

e. <u>ulaya</u> {*a* *dare*}_{主語} {*i* isaT kana tu’}_{處所}

[存在 主格 土 處所格 上面 斜格 桌子]

‘桌子上面有土’

f. <u>ulaya</u> {*a* *walak*}_{主語} {*i* *ruma*}_{處所}

[存在 主格 小孩 處所格 房子]

‘房子裡有孩子’

(2) 肯定方位句

不同於存在句，一個方位句至少會有三個成份：句首的動詞、表參與者的主語、和該主語所在的地點。其中表參與者的主語通常由人稱專有名詞、或由格位標記 <u>na</u> 所引介的普通名詞表徵之。同時上述三個成份在句中的詞序，大都爲「動詞—處所—主語」，如(2a-c)所示：

2a. <u>ulaya</u> {*i* kaLi}_{處所} {*i* *pilay*}_{主語}

[存在 處所格 河 主格 pilay]

‘pilay 在河裡’

b. <u>ulaya</u> {*i* isaT kana tu’}_{處所} {*nu-paysu*}_{主語}

[存在 處所格 上面 斜格 桌子 你.屬格-錢]

‘你的錢在桌子上’

c. <u>ulaya</u> {*i* *ruma*}_{處所} {*na* *walak*}_{主語}

[存在 處所格 房子 主格 小孩]

‘(你談到的)孩子在房子裡’

不過，如同大多數台灣南島語言一樣，卑南語方位句的詞序也可以和存在句的詞序一樣，即「動詞—主語—處所」，比較(2a-b)和下面的例子：

2a'. <u>ulaya</u> {i　　　 *pilay*}_{主語} {i　　　　 kaLi}_{處所}

[存在　主格　　 pilay　　 處所格　 河]

'pilay 在河裡'

b'. <u>ulaya</u> {*nu-paysu*}_{主語} {i　　 isaT　 kana　 tu'}_{處所}

[存在　你.屬格-錢　　 處所格 上面　 斜格　 桌子]

'你的錢在桌子上'

（3）肯定所有句

一個所有句中，領屬者會以屬格代名詞或由屬格標記引導的名詞(組)標之，表被擁有的參與者方得以主格代名詞或由主格標記引導的名詞(組)標之，成為所有句的主語，例子如下：

3a. <u>ulaya</u>　　 **ku**_{領屬者}-{*paysu*}_{被擁有者}

[存在　　 我.屬格-錢]

'我有錢'

b. <u>ulaya</u>　　 **nu**_{領屬者}-{*gung*}_{被擁有者} *amaw*

[存在　　 你.屬格-牛　　　　 疑問助詞]

'你有牛嗎？'

c. <u>ulaya</u>　　 **tu**_{領屬者}-{*walu*}_{被擁有者} {kan　 aTung}_{領屬者}

[存在　　 他.屬格-糖果　　　 斜格　 aTung]

‘aTung　有糖果’

否定存在句、方位句和所有句

　　至於卑南語存在句、方位句和所有句三種結構的否
定句，則均由動詞 <u>unian</u> 出現在句首，作爲謂語。例句
如下：

（1）否定存在句

　　比較例句(1a-f)和(4a-e)，我們可以發現存在句結構的
肯定句和否定句，除了句首的動詞不同外（前者爲 <u>ulaya</u>
，後者爲 <u>unian</u>），句中的格位標記亦不相同：肯定存在
句中標示主要參與者之名詞前的格位標記爲主格，而某
些否定存在句(如[4a-c])是用主格格位標記，某些(如[4d-
e])則用斜格格位標記，其間的差異可由例(4c)的附加解釋
得知。

4a. <u>unian</u>　　　{*a*　　　*dare*}~主語~
　　[否定詞　主格　土]
　　‘沒有土’

　b. <u>unian</u>　　　{*a*　　　*aLiwanes*}~主語~
　　[否定詞　主格　彩虹]
　　‘沒有彩虹’

　c. <u>unian</u>　　*a*　　　*kuraw* i　　　kaLi
　　[否定詞　主格　魚　　處所格　河]

'(這)河裡一條魚也沒有' (較少使用，僅用在強調口吻)

d. <u>unian</u>　*Da*　*kuraw*　i　　　kaLi

[否定詞　斜格　魚　　處所格　河]

'河裡沒有魚'

e. <u>unian</u>　*Da*　*tiliL*　i　　　　isaT　kana　tu'

[否定詞　斜格　書　處所格　上面　斜格　桌子]

'桌子上沒有書'

(２) 否定方位句

　　如同肯定和否定存在句結構一樣，肯定和否定方位句句首的動詞也不同（前者為 <u>ulaya</u>，後者為 <u>unian</u>），不過它們句中的格位標記則都相同，即標示主要參與者之名詞前為主格格位標記，且句中表主要參與者之名詞和表處所之名詞可以互換位置。此外，比較例(4d-e)和(5a-b)，我們發現否定存在句和否定方位句之語意差異實取決於被探討物之可否辨識、指稱，而這語意差異在語法上就由格位標記標示之。

5a. <u>unian</u>　　{*i*　　　kaLi}_{處所} {*i*　　*pilay*}_{主語}

[否定詞　處所格　河　　　主格　pilay]

'pilay 不在河裡'

a'.<u>unian</u>　　{*i*　　*pilay*}_{主語} {i　　　kaLi}_{處所}

[否定詞　主格　pilay　　處所格　河]

'pilay 不在河裡'

b. <u>unian</u>　　{i　　　isaT　　kana　tu'}_處所 {*nu-paysu*}_主語
　　[否定詞　處所格　上面　斜格　桌子　你.屬格-錢]
　　'你的錢不在桌子上'

b'.<u>unian</u>　　{*nu-paysu*}_主語 {i　　　isaT　　kana　tu'}_處所
　　[否定詞　你.屬格-錢　　處所格 上面　斜格　桌子]
　　'你的錢不在桌子上'

c. <u>unian</u>　　{*na　　tiliL*}_主語 {i　　　isaT　kana　tu'}_處所
　　[否定詞　主格　書　　處所格 上面 斜格　桌子]
　　'(桌上有書，可是你指定的)書不在桌子上'

d. <u>unian</u>　　{*na　walu*}_主語 {i　　　isaT　kana　tu'}_處所
　　[否定詞　主格 糖果　　處所格 上面 斜格 桌子]
　　'(你談到的)糖果不在桌子上'

（3）否定所有句

　　和否定存在句及否定方位句一樣，否定所有句句首的動詞為 <u>unian</u>，而和肯定所有句一樣，其句中表所有者用主格代名詞標之，所有物前才用斜格格位標記，如(6a-b)所示：

6a. <u>unian</u>=*mi*　　　　　Da　　akanan
　　[否定詞=我們.主格　斜格　糧食]
　　'我們(家)沒有糧食'

b. <u>unian</u>=*ku*　　　　　Da　　paysu
　　[否定詞=我.主格　斜格　錢]

'我沒有錢'

七、祈使句結構

祈使句結構是說話者對聽話者有所指示、請求或命令時所採用的結構；通常聽話者「你、你們」不會被標示出來。卑南語的祈使句結構會隨著句子焦點重心的不同（由含主格格位標記的名詞組或主格代名詞標示），而改變動詞上的焦點標記（如 -u; -an; -i 等），這在本章第四節「焦點系統」中已討論過。以下僅再提供一些例句，以更詳實地呈現卑南語肯定及否定祈使句結構。

肯定祈使句結構

(1) 主事焦點

1a. Tekel   Da   eLaw
   [喝.主事焦點 斜格   酒]
   '喝酒！'

 b. elup   Da   liyung
   [獵.主事焦點 斜格   豬]
   '獵豬！'

 c. ekan   Da   kuraw
   [吃.主事焦點 斜格   魚]

　　'吃魚！'

(2) 受事焦點

2a. Tekel-<u>u</u>　　　　na　　eLaw
　　[喝-受事焦點 主格　酒]
　　'喝(那)酒！'

　b. elup-<u>u</u>　　　　na　　babuy
　　[獵-受事焦點 主格　豬]
　　'獵(那隻)山豬！'

　c. kyumal-<u>i</u>　　　i　　　sigimuLi
　　[問-受事焦點　主格　sigimuLi]
　　'問 sigimuLi！'

　d. tubang-<u>i</u>=ku
　　[回答-受事焦點=我.主格]
　　'回答我！'

　e. tapela-<u>an</u>　　　i　　　sigimuLi
　　[摔-受事焦點　主格　sigimuLi]
　　'把 sigimuLi 摔倒！'

(3) 工具焦點

3a. alup-<u>an</u>　　　Da　babuy　na　　kuang
　　[獵-工具焦點 斜格 山豬　主格　槍]
　　'用(那)槍獵山豬！'

b. sabsab-<u>an</u>　　　na　　　sabun　kananu　Lima

[洗-工具焦點 主格　肥皂　你的　　　手]

'用肥皂洗你的手！'

（4）受惠者焦點

4a. laub-<u>an</u>　　　　Da　　enay　i　　nama-li

[舀-受惠者焦點 斜格　水　　主格　爸爸-我的]

'爲爸爸舀水！'

b. deru-<u>an</u>=ku　　　　　Da　　biTenun

[煮-受惠者焦點=我.主格 斜格　蛋]

'爲我煮蛋！'

c. patalu-<u>an</u>=ku　　　　　maresuk

[幫忙-受惠者焦點=我.主格 煮飯.主事焦點]

'替我煮飯！'

c'.patalu-<u>i</u>=ku　　　　　maresuk

[幫忙-受惠者焦點=我.主格 煮飯.主事焦點]

'替我煮飯！'

否定祈使句結構

（1）主事焦點

5a. aDi　　　　a-uka

[否定詞　重疊-去.主事焦點]

'不要去！'

   b. aDi　　　Ta-Tekel　　　　　Da　　eLaw

     [否定詞　重疊-喝.主事焦點　　斜格　酒]

     '不要喝酒！'

   c. aDi　　　da-deru　　　　　Da　　paTaka

     [否定詞　重疊-煮.主事焦點　　斜格　肉]

     '不要煮肉！'

（2）受事焦點

  6a. aDi　　　a-ekan-<u>i</u>　　　　　na　　biTenun

     [否定詞　重疊-吃-受事焦點　主格　蛋]

     '不要吃(這個)蛋！'

   b. aDi　　　ba-bias-<u>i</u>　　　　na　　irupan

     [否定詞　重疊-熱-受事焦點　主格　菜]

     '不要熱(那)菜！'

   c. aDi　　　ky-a-wmal-<u>i</u>　　　i　　sigimuLi

     [否定詞　問-重疊- -受事焦點　主格　sigimuLi]

     '不要問 sigimuLi！'

   d. aDi　　　ta-pa-pela-<u>an</u>　　　i　　sigimuLi

     [否定詞　摔-重疊- -受事焦點　主格　sigimuLi]

     '不要把 sigimuLi 摔倒！'

（3）工具焦點

  7a. aDi　　　ba-beray-<u>an</u>　　　iDunu kuang kan

     [否定詞　重疊-給-工具焦點　那　槍　斜格

pilay

[pilay]

'不要把(那枝)槍獵給 pilay！'

b. aDi   sabsab-<u>an</u>   na   sabun kananu   Lima

[否定詞   洗-工具焦點   主格   肥皂   你的   手]

'不要用肥皂洗你的手！'

（4）受惠者焦點

8a. aDi   la-laub-<u>an</u>   Da   enay   i

[否定詞   重疊-舀-受惠者焦點   斜格   水   主格]

nama-li

[爸爸-我.屬格]

'不要爲爸爸舀水！'

b. aDi   da-deru-<u>an</u>=ku   Da   biTenun

[否定詞   重疊-煮-工具焦點=我.主格 斜格   蛋]

'不要爲我煮蛋！'

八、否定句結構

卑南語有五個否定詞，即 <u>unian</u>, <u>aDi</u>, <u>ameli</u>, <u>aeman</u> 及 <u>maulit</u>，這五個否定詞均出現在句首謂語位置，其用法分述如下。

否定詞 unian

第一個否定詞 <u>unian</u> 已在本章第六節中討論過，是用在否定存在句/方位句/所有句的結構中。例如：

1a. <u>unian</u>　　Da　　kuraw　　i　　　　kaLi
　　[否定詞　斜格　魚　　　處所格　河]
　　'河裡沒有魚'

　b. <u>unian</u>　　i　　　　sawka　i　　　　aTung
　　[否定詞　處所格　廚房　主格　　aTung]
　　'aTung 不在廚房裡'

　c. <u>unian</u>　　.ku-paysu
　　[否定詞　我.屬格-錢]
　　'我沒有錢'

否定詞 aDi

第二個否定詞 <u>aDi</u>，如本章第七節中所述，是用在否定陳述句和否定祈使句（不管是表過去或未來的事件，也不管焦點重心是主事者或非主事者）。以下再列舉數例供參考：

2a. <u>aDi</u>=ku　　　　　T-em-ekel　　Da　　eLaw
　　[否定詞=我.主格　喝-主事焦點-　斜格　酒]
　　'我沒有喝酒'

b. <u>aDi</u>　　　Ta-Tekel　　　　　Da　　eLaw

[否定詞　重疊-喝.主事焦點　斜格　酒]

'別喝酒！'

c. <u>aDi</u>　　　tu-bias-i　　　　　　na　　irupan

[否定詞　他.屬格-熱-受事焦點　主格　菜]

kan　　aTung

[斜格　aTung]

'aTung 沒有熱菜'

d. <u>aDi</u>　　　ku-beray-an　　　　na　　tiliL　kan

[否定詞　我.屬格-給-工具焦點　主格　書　斜格

pilay

[pilay]

'我沒有把(那)書給 pilay'

e. <u>aDi</u>　　　ba-bias-an　　　　　Da　　irupan na

[否定詞　重疊-熱-受惠者焦點　斜格　菜　主格

walak

[小孩]

'別為(那)小孩熱菜！'

否定詞 ameli

這裡所要探討的第三個否定詞為 <u>ameli</u>，其意為「不是⋯」，可作為等同句中的謂語，後面所跟的成份可為名詞(組)或子句，不過均由主格格位標記所引導，如下面例

子所示：

3a. ku-paekan-ay　　　　　　a　　　suan,　<u>ameli</u>

[我.屬格-餵-受事焦點　主格　　狗　　　不是

a　　　liung

[主格　豬]

‘我餵的是狗，不是豬’

b. <u>ameli</u>　**a**　　　kemkakaung　　　m-uka

[不是　主格　　走.主事焦點　　　主事焦點-去]

‘不是走路去的’

c. <u>ameli</u>　**i**　　　nana-li　　　na　　　kemurut

[不是　主格　　媽媽-我的　主格　　挖.主事焦點

kana　　　bu’ir

[斜格　　　芋頭]

‘不是媽媽挖芋頭的’

否定詞　aeman

<u>aeman</u> 亦可作為句中的謂語，意思為「不要做...比較好」，禁止之意不像使用 <u>aDi</u> 時那麼強，屬於一種建議性。如同否定詞 <u>ameli</u> 一樣，其後所跟的成份亦由主格格位標記所引導，例子如下：

4a. <u>aeman</u>　　**a**　　　m-ekan

[否定詞　主格　　主事焦點-吃]

'大家不要吃！'

b. aeman **a** Temima kanDi na suan a

[否定詞 主格 買.主事焦點 這 連繫詞 狗]

'我們不要買這狗吧！'

c. aeman **a** paburas-ay Da paysu iDi

[否定詞 主格 借出-受事焦點 斜格 紙幣 這

na Tau

[連繫詞 人]

'不要借錢給他！'

d. aeman **a** niwan-anay kantu

[否定詞 主格 賣-工具焦點 他]

'我們不要賣給那人！'

否定詞 maulit

最後要探討的否定詞為 maulit，其意思為「不會」。不同於前面所討論的否定詞 ameli 及 aeman，maulit 較像一般動詞，會使附著形代名詞附著其上，其所出現的句子不是等同句子，而是動詞句子。例子如下：

5a. maulit=ku T-em-ekel Da eLaw

[否定詞=我.主格 喝-主事焦點- 斜格 酒]

'我不會喝酒'

b. maulit=ku D-em-eru Da paTaka

[否定詞=我.主格 煮-主事焦點- 斜格 肉]

'我不會煮肉'

九、疑問句結構

疑問句結構通常可分兩大類：不含疑問詞的「一般問句」和含疑問詞的「特殊問句」；前者又分「是非問句」和「選擇問句」，後者即通稱的「訊息問句」，相當於英文的 wh- 問句。由於語料蒐集期間，我們沒有採集到卑南語的選擇問句，故以下僅討論「是非問句」和含有疑問詞的「訊息問句」兩種[5]。

是非問句

卑南語的是非問句是在相對的陳述句和出現在句尾的疑問助詞 <u>amaw</u> 所組成的，句子語調上揚；不過其句重音則與陳述句一樣，落在最後一個字的最後一個元音上（此處為 <u>amáw</u> 中的元音 <u>a</u>）。例句如下：

　　　　　　　　　　　　　　　　　　　　_____↗

1a. sagar=yu　　　　　　kanku　　<u>amáw</u>

　　[喜歡.主事焦點=你.主格　我　　疑問助詞]

　　'你喜歡我嗎？'

---

[5] 有關卑南語及其他台灣南島語言的疑問句結構，請參考 Huang, et al. (1999a)。

b. ulaya   mu-maiTangan   Dia   **amáw**

[存在 你們.屬格-雙親   仍   疑問助詞]

'你雙親還在嗎？'

c. Da-Dauwa=yu   **amáw**

[重疊-來.主事焦點=你.主格   疑問助詞]

'你要來嗎？'

不過，是非問句並不一定要利用助詞 amaw 來標示，也可以把出現在句尾那個字的倒數第二個母音加上重音（相對陳述句之重音是落在最後一個字最後一個音節上的母音），並把句尾語調下降，如下面例子所示：

1d. m-ekan=yu   la   Da   puwat**é**me

[主事焦點-吃=你.主格 助詞 斜格 藥]

'你吃藥了嗎?'

e. a-ekan=yu   Da   biT**é**nun

[重疊-吃.主事焦點=你.主格   斜格   蛋]

'你要吃蛋嗎?'

f. nu-Tekel-aw   la   na   **é**nay

[你.屬格-喝-受事焦點   助詞 主格 水]

'水被你喝了嗎?'

含疑問詞的疑問句

如同其他一些台灣南島語，卑南語疑問句中的疑問詞，就功能上而論，可分為三類：標示參與者的名詞性疑問詞；標示事件的動詞性疑問詞；及表時間、地點、原因等的副詞性疑問詞。從語法特色而言，這些疑問詞也可歸類成名詞、動詞和副詞三種：名詞疑問詞除可出現在句首當謂語外，也可以出現在句中，由格位標記所引介；動詞疑問詞如同一般動詞一樣，可以出現在句首當作句子的謂語，可以附加標示焦點、時貌的詞綴或附著式代名詞，或有部份詞幹重疊；副詞疑問詞則缺少上述名詞疑問詞和動詞疑問詞的特質。以下我們將從語法特色來檢視卑南語的疑問詞。

(1) 名詞疑問詞

卑南語的名詞疑問詞有七個，如下表所示：

表 4.8 卑南語的名詞疑問詞

漢 譯		疑問詞
誰；什麼	人、物	manay
哪一個	人、物	isuwa
哪一種	物	kemutakuta
何處		suwa
何時		asuwa; asuasua
多 少	有生命	miasama
	無生命	munuma

上表中，manay 和 isuwa 已於本章第三節「代名詞系統」中討論過，以下簡要描述之：

(i) 疑問代名詞 manay 可以標示有生命的人或無生命的物：當 manay 前為人稱專有名詞之格位標記 i 或 kan 時，它是用以標示人或與人有關的名字；若其前為普通名詞之格位標記 a 或 Da 時，則其所標者為物，比較例句(2a-d)。

(ii) 表選擇的疑問代名詞 isuwa，如同普通名詞一樣，前可有格位標記 na 或 kana 引介之，例如(3a-c)。

2a. s-em-a-senay   i   manay

    [重疊-主事焦點- -唱   主格   誰]

    '誰在唱歌？'

b. nu-beray-anay   kan   manay   na   kuraw

    [你.屬格-給-工具焦點   斜格   誰   主格   魚]

‘你給誰魚了？’

c. **a**　　<u>manay</u>　　nu-a-ekan-an

[主格　甚麼　　你.屬格-重疊-吃-受事焦點]

‘你要吃甚麼？’

d. a-ekan=yu　　　　　　**Da**　　<u>manay</u>

[重疊-吃.主事焦點=你.主格　斜格　甚麼]

‘你要吃甚麼？’

3a. amau　**na**　<u>isua</u>　　i　　aTung

[是　主格　哪一個　主格　aTung]

‘哪一個是 aTung？’

b. nu-aLak-aw　　　　　**na**　　<u>isua</u>　　na　　bu'ir

[你.屬格-拿-受事焦點　主格　哪一個　主格　芋頭]

‘你拿了哪一個芋頭？’

c. m-aLak=yu　　　**kana**　<u>isua</u>　　kana　　bu'ir

[主事焦點-拿=你.主格　斜格　哪一個　斜格　芋頭]

‘你拿了哪一個芋頭？’

其他名詞疑問詞有 <u>kemutakuta</u>，<u>suwa</u>，<u>asuwa</u> /<u>asuasua</u>，<u>miasama</u> 和 <u>munuma</u>。在這些疑問詞中，<u>kemutakuta</u> 是用在查詢哪一個種類、型態時，例句如下：

4a. **a**　　　<u>kemutakuta</u>　a　　kiping nu-aLak-aw

[主格　哪一種　　主格　衣服　你.屬格-拿-受事焦點]

‘你拿哪一種衣服？’

b. T-em-ima=yu **Da** kemutakuta Da
[買-主事焦點- =你.主格 斜格 哪一種 斜格
kuraw
[魚]
'你買哪一種魚？'

疑問詞 suwa 則是用以詢問地點，其前有處所格位標記 i，如(5a-c)所示：

5a. a-uka=yu i suwa
[重疊-去.主事焦點=你.主格 處所格 何處]
'你要去哪裡？'

b. ulaya=yu i suwa
[存在.主事焦點=你.主格 處所格 何處]
'你在哪裡？'

c. nu-reDa'an-ay i suwa na kabun
[你.屬格-放-受事焦點 處所格 何處 主格 帽子]
'你的帽子放在哪裡？'

疑問詞 asuwa/asuasua 是用以詢問時間，其前由斜格格位標記 kan 引介，例子如下：

6a. a-uka=yu kan asuwa
[重疊-去.主事焦點=你.主格 斜格 何時
i tayhok
[處所格 台北]

'你何時要去台北?'

b. Da-Duwa=yu   kan   asuasua

[重疊-來.主事焦點=你.主格   斜格   何時]

'你何時要來？'(較有禮貌)

至於疑問詞 miasama 和 munuma，它們是用來詢問數量的多寡；前者用以查詢有生命的人，後者則在查詢無生命的物。兩者前均可有斜格格位標記 kan，如(7a)-(8a)所示；但若出現在名詞句或存在句結構中的謂語位置時，則格位標記不會出現，例如(7b-c)及(8b-e)：

7a. maranger=mu   **Da**   miasama Da   walak

[要.主事焦點=你們.主格 斜格 多少   斜格   小孩]

'你們要幾個小孩？'

b. miasama   nu-walak

[多少   你.屬格-小孩]

'你有多少個小孩？'

c. miasama   mu-Tau   i   ruma

[多少   你們.屬格-人 處所格   家]

'你家有幾個人？'

8a. ki-a-buLas=yu   **Da**   munuma Da   paysu

[借入-重疊- =你.主格 斜格 多少   斜格   錢]

'你要借多少錢？'

b. munuma nu-ami

[多少　你.屬格-歲]

‘你幾歲？’

c. munuma nu-nialupan

[多少　你.屬格-獵物]

‘你獵到的獵物有多少？’

d. ulaya munuma nu-paysu

[存在 多少　你.屬格-錢]

‘你有多少錢？’

e. ulaya munuma nu-LaTu

[存在　多少　你.屬格-芒果]

‘你有多少個芒果？’

　　注意到在上述這些名詞疑問詞中，isuwa ‘哪一個’，suwa ‘何處’，asuwa/asuasua ‘何時’ 等疑問詞似乎都有一個共同的形式 suwa，也許意涵著這四個疑問詞都源自於表地點的疑問詞，這尚待進一步的研究以證實。

（2）動詞疑問詞

　　如前所述，動詞疑問詞就像一般動詞，可以出現在句首的謂語位置，同時也允許標示時貌的詞綴或附著式代名詞附著其上。卑南語有一個動詞疑問詞 kuta，可用於詢問事件執行時的方法或工具，如下面例子所示：

9a. k-**em**-uta=yu　　　　　　　　m-uka　　　　　　i

　　[如何-主事焦點-　=你.主格　主事焦點-去　處所格

　　tayhok

　　[台北]

　　'你如何去台北？'

　b. ka-kuta=yu　　　　　　　　　　m-uka

　　[重疊-如何.主事焦點=你.主格　主事焦點-去

　　i　　　　　baLangaw

　　[處所格　台東]

　　'你要如何去台東？'

（3）副詞疑問詞

　　　卑南語的副詞疑問詞 Daw，是用以查詢原因的。副
詞疑問詞既不像名詞，可由格位標記引介之，也不像動詞
可以附加一些詞綴，例子如下：

10a. Daw　　m-uka=yu　　　　　　　　i　　　　tayhok

　　[為何　主事焦點-去=你.主格　　處所格　台北]

　　'你為何去台北?'

　b. Daw　　semanga=yu　　　　　　Da　　iDus

　　[為何　做.主事焦點=你.主格　　斜格　湯匙]

　　'你為什麼做湯匙?'

　c. Daw　nu-laub-anay　　　　　　　Da　enay　i

　　[為何 你.屬格-舀-受惠者焦點 斜格 水　　主格

sigimuLi

[sigimuLi]

'你爲什麼爲 sigimuLi 舀水？'

十、複雜句結構

卑南語複雜句結構可分補語結構、關係子句、副詞子句和對等(並列)結構四大類來探討，以下分別討論之。

補語結構

補語結構可分連動結構、樞紐結構、認知結構和述說結構四種：

(1) 連動結構

卑南語和大部份台灣南島語一樣有連動結構。連動結構是指句子中含有兩個動詞，而這兩個動詞所標示的事件之主事者爲同一人，例子如下（畫底線者爲第一個動詞，斜體者爲第二個動詞，粗體字者爲表徵這兩些動詞之同一主事者的代名詞）：

1a. <u>maranger</u>=**ku**_{主事者}   *m-ekan*   Da   kuraw

[想.主事焦點=我.主格　主事焦點-吃　斜格　魚]

'我要吃魚'

a'.*<u>maranger</u>　　　*m-ekan*=**ku**_{主事者}　　　Da　　kuraw

[想.主事焦點　　主事焦點-吃=我.主格　斜格　　魚]

b. <u>penia</u>=**ku**_{主事者}　　　　　　la　　*m-ekan*　　　kana

[結束.主事焦點=我.主格　　助詞　主事焦點-吃　斜格

LaTu

[芒果]

'我吃完了芒果'

c. <u>sagar</u>=**ku**_{主事者}　　　　　*m-erer*　　Da　　puran

[喜歡.主事焦點=我.主格　主事焦點-嚼　斜格　檳榔]

'我喜歡嚼檳榔'

d. <u>apaLu</u>=**ku**_{主事者}　　　　　*m-ekan*　　　Da　　kadumu

[忘記.主事焦點=我.主格　主事焦點-吃　斜格　玉米]

'我忘了吃玉米'

注意當這共同的主事者是以附著式代名詞標示時，這代名詞只能出現一次，同時須依附在第一個動詞上，如例(1a-d)所示；否則會成不合文法的句子，如(1a')所示。如果這主事者是以名詞標之時，則會出現在句尾，即一般語法主語出現之處，如例(2a-b)所示；不過此名詞亦可出現在句中的其他位置，如(2a'-a'')所示：

2a. <u>maranger</u>　　*m-ekan*　　　Da　kuraw *i*　　*pilay*_{主事者}

[想.主事焦點　主事焦點-吃　斜格 魚　　主格 pilay]

'pilay 要吃魚'

a'.<u>maranger</u> *i* ***pilay***_{主事者} *m-ekan* Da kuraw

[想.主事焦點 主格 pilay 主事焦點-吃 斜格 魚]

'pilay 要吃魚'

a".<u>maranger</u> *m-ekan* *i* ***pilay***_{主事者}

[想.主事焦點 主事焦點-吃 主格 pilay]

Da kuraw

[斜格 魚]

'pilay 要吃魚'

b. <u>k-em-irami</u> *mu-arak* *i* ***sigimuLi***_{主事者}

[開始-主事焦點- 主事焦點-跳舞 主格 sigimuLi]

'sigimuLi 開始跳舞'

　　上面例子(1-2)中的兩個動詞，均以主事者為焦點重心，但這並不是連動結構的必要條件；連動結構的第一個動詞亦可以非主事者為焦點重心，例子如下：

3a. tu-<u>patalu-anay</u>=ku **kan**

[他.屬格-幫忙-受惠者焦點=我.主格 斜格

sigimuLi_{主事者} *kibulas* Da paysu

[sigimuLi 借.主事焦點 斜格 錢]

'sigimuLi 幫我借錢'

b. tu-<u>patalu-ay</u>=ku *t-em-iliL* Da

[他.屬格-幫忙-受事焦點=我.主格 寫-主事焦點- 斜格

tiliL **kan** **pilay**_{主事者}

[信 斜格 pilay]

'pilay 幫我寫信'

c. tu-<u>pulang-ay</u>=ku *maresyuk*

[他.屬格-一起-受事焦點=我.主格 作飯.主事焦點

kan **aTung**_{主事者}

[斜格 aTung]

'aTung 跟我一起作飯'

d. ku-<u>patalu-ay</u> *i* *pilay*_{主事者}

[我.屬格-幫忙-受事焦點 主格 pilay

<u>t-em-iliL</u> Da tiliL

[寫-主事焦點- 斜格 信]

'我幫 pilay 寫信'

注意例子(1-3)中，兩個動詞間並無任何連繫詞，但當第一個動詞為行動動詞 <u>muka</u> '去' 或 <u>Duwa</u> '來' 時，第二個動詞常會附著一個詞綴 -<u>a</u>，如下所示：

4a. <u>m-uka</u>=ku_{主事者} *muTalun*-**a**

[主事焦點-去=我.主格 打獵.主事焦點-]

'我去打獵'

b. <u>m-uka</u>=ku_{主事者} *beray*-**a** Da paysu

[主事焦點-去=我.主格 給.主事焦點- 斜格 錢

kan   aTung

[斜格   aTung]

'我去給 aTung 錢'

c. <u>Duwa</u>=ku_{主事者}   *me-nawu*-**a**   kan   pilay

[來.主事焦點=我.主格 主事焦點-看- 斜格   pilay]

'我來看 pilay'

d. <u>Duwa</u>   *beray*-**a**   Da   paysu kan

[來.主事焦點   給.主事焦點- 斜格   錢   斜格

sigimuLi   i   aTung_{主事者}

[sigimuLi   主格   aTung]

'aTung 來給 sigimuLi 錢'

　　以上所有例句中的兩個動詞均沒有特別標示時態的詞
綴；當標示時態的詞綴出現時，只可以附著在第一個動
詞上，而不能出現在第二個動詞上，例子如下：

5a. <u>a</u>-<u>uka</u>=**ku**_{主事者}   *me-nawu*-a   kan

[重疊-去.主事焦點=我.主格   主事焦點-看-   斜格

pilay

[pilay]

'我將去看 pilay'

a'.*<u>a</u>-<u>uka</u>=ku_{主事者}   *me-na-nawu*-a

[重疊-去.主事焦點=我.主格   主事焦點-重疊-看-

kan　　pilay

[斜格　pilay]

a".*<u>uka</u>=ku_{主事者}　　　　*me-na-nawu*-a　　　　kan　pilay

[去.主事焦點=我.主格　主事焦點-重疊-看- 斜格　pilay]

b. <u>Da-Duwa</u>　　　　*beray*-a　　　　Da　paysu kan

[重疊-來.主事焦點　給.主事焦點- 斜格　錢　　斜格

sigimuLi　　i　　　aTung_{主事者}

[sigimuLi　主格　aTung]

'aTung 會來給 sigimuLi 錢'

b'.*<u>Da-Duwa</u>　　　　*ba-beray*-a　　　　　Da　　paysu

[重疊-來.主事焦點 重疊-給.主事焦點- 斜格　錢

kan　　sigimuLi　　i　　　　aTung_{主事者}

[斜格　sigimuLi　　主格　aTung]

由上面的討論，我們將連動結構的特色歸納如下：

(i)　連動結構中，每一個動詞可以均為含主事焦點標記之動詞，如例(1-2)；

(ii)　第一個動詞也可以含非主事焦點標記，如例(3a-d)；

(iii)　共同的主事者是以附著形代名詞標之時，這代名詞只能出現一次，同時需依附在第一個動詞上，如例(1a-d)所示；

(iv)　除第一個動詞外，別的動詞均不可含時貌標記，如例(5a-b)所示；

(v)　兩個動詞間沒有任何連繫詞。

　　此外，上述含連動結構的句子均標示著兩個事件，不過相似的結構並不一定都標示兩個事件；有些似只標示一個事件，兩個動詞中的一個動詞似只在修飾該惟一事件而已，例如：

6a. <u>arii</u>　　*kabekas*　　**na**　　**walak** _{主事者}

[快　　跑.主事焦點　主格　　小孩]

‘小孩跑得很快’

b. <u>buari</u>=**ku** _{主事者}　　*k-em-akawan*

[慢=我.主格　　　走-主事焦點-　]

‘我走得很慢’

　　如同上列含連動結構的陳述句，含連動結構的命令句亦有上述各種結構特徵，如下列例子所示：

7a. piTaTingaL　　　　m-ekan

[用筷子.主事焦點　主事焦點-吃]

‘用筷子吃！’

b. Dwa　　　　s-em-enay-a

[來.主事焦點　唱歌-主事焦點-　-　]

‘來唱歌！’

　　至於含否定詞的連動結構，其結構特徵均同上述情形。參考下面例子即可得知：

8a. aDi=**ku** 主事者　　　　　sagar　　　　*T-em-ekeL*

[否定詞=我.主格　喜歡.主事焦點　喝-主事焦點-

Da　　eLaw

[斜格　酒]

'我不喜歡喝酒'

b. aDi　　　sagar　　　　　*m-ekan*　　　Da　　kuraw

[否定詞　喜歡.主事焦點　主事焦點-吃　斜格　魚

i　　　**pilay** 主事者

[主格　pilay]

'pilay 不喜歡吃魚'

c. aDi=**ku** 主事者　　　　m-uka　　　*s-em-enay-a*

[否定詞=我.主格　主事焦點-去　唱歌-主事焦點- -

'我不去唱歌'

d. aDi　　　ki-a-rami　　　　　　Dya　*s-em-enay*

[否定詞　開始.主事焦點-重疊-　　　唱歌-主事焦點-]

'別開始唱歌！'

（2）樞紐結構

　　樞紐結構亦稱爲兼語結構，此種結構如同連動結構一樣，也是一個句子中有兩個（或兩個以上之）動詞，但在此結構中，這兩個動詞所標示的事件各有其主事者，而第二個動詞所標示事件的主事者，同時又是第一個事件的受事者。換言之，這個參與者同時扮演兩種角色

，好像是這兩個事件的樞紐。這種結構在大部份台灣南島語言中都有，不過在我們所調查的卑南語語料中並不多見。例子如下（畫底線者即爲表樞紐之參與者，而粗體者爲第一個事件之主事者）：

9a. tu-rengarenga-ʸaw　　　　pa-TekeL　Da　eLaw
　　[他.屬格-勸-受事焦點　使役-喝　　斜格　酒
　　kan　**pilay**_主事者_　　i　　　aTung_樞紐_
　　[斜格　pilay　　　　主格　aTung]
　　'pilay 勸 aTung 喝酒'

　b. tu-aiseL-aw　　　　　　　pa-ekan　Da　tinalek
　　[他.屬格-逼迫-受事焦點　使役-吃　斜格　飯
　　i　　　aTung_樞紐_　**kan**　**pilay**_主事者_
　　[主格　aTung　　斜格　pilay]
　　'pilay 逼 aTung 吃飯'

　c. tu-palaDam-aw　　　　　t-em-iLil　　　　i
　　[他.屬格-教-受事焦點　寫-主事焦點-　主格
　　aTung_樞紐_　**kan**　**pilay**_主事者_
　　[aTung　　斜格　pilay]
　　'pilay 教 aTung 寫字'

由上面的例子可以看出，如同連動結構一樣，卑南語樞紐結構中的兩個動詞間沒有連繫詞；第一個動詞一定要含非主事焦點標記，但第二個動詞則必須是含主事焦點標記。

又則，上面例子顯示，表樞紐的參與者與表第一個事件主事
者的名詞均出現在句尾，但它們也可出現在兩個動詞間，如
(10a-b)：

10a. tu-rengarenga-yaw   <u>i   aTung</u>樞紐   pa-TekeL

[他.屬格-勸-受事焦點 主格 aTung   使役-喝

Da   eLaw **kan   pilay**主事者

[斜格 酒   斜格 pilay]

'pilay 勸 aTung 喝酒'

  b. tu-rengarenga-yaw   **kan   pilay**主事者 pa-TekeL

[他.屬格-勸-受事焦點 斜格 pilay   使役-喝

Da   eLaw <u>i   aTung</u>樞紐

[斜格 酒   主格 aTung]

'pilay 勸 aTung 喝酒'

此外，樞紐結構中兩個事件的所有參與者，也可以改變彼此
出現的順序，如(11a-c)：

11a. tu-rengarenga-yaw   pa-TekeL   Da   eLaw

[他.屬格-勸-受事焦點 使役-喝   斜格   酒

<u>i   aTung</u>樞紐 **kan   pilay**主事者

[主格 aTung   斜格 pilay]

'pilay 勸 aTung 喝酒'

  b. tu-rengarenga-yaw   **kan pilay**主事者 <u>i   aTung</u>樞紐

[他.屬格-勸-受事焦點 斜格 pilay   主格 aTung

pa-TekeL　　　Da　　eLaw

[使役-喝　　斜格　酒]

'pilay 勸 aTung 喝酒'

c. tu-rengarenga-yaw　　　　i＿＿＿aTung_{樞紐}　pa-TekeL

[他.屬格-勸-受事焦點　主格　aTung　　　使役-喝

kan　pilay_{主事者}　Da　　eLaw

[斜格　pilay　　　斜格　酒]

'pilay 勸 aTung 喝酒'

d. tu-rengarenga-yaw　　　pa-TekeL　i＿＿＿aTung_{樞紐}

[他.屬格-勸-受事焦點　使役-喝　　主格　aTung

Da　　eLaw **kan　pilay**_{主事者}

[斜格　酒　　斜格　pilay]

'pilay 勸 aTung 喝酒'

　　如同連動結構，樞紐結構中除第一個動詞外，別的動詞均不可含時貌標記，例如：

12a. tu-ra-rengarenga-i　　　　　　pa-TekeL　Da　　eLaw

[他.屬格-重疊-勸-受事焦點　使役-喝　　斜格　酒

kan　pilay_{主事者}　i＿＿＿aTung_{樞紐}

[斜格　pilay　　　主格　aTung]

'pilay 將勸 aTung 喝酒'

a'.*tu-ra-rengarenga-i　　　　　pa-Ta-TekeL　Da　　eLaw

[他.屬格-重疊-勸-受事焦點　使役-重疊-喝　斜格　酒

kan　**pilay**_{主事者}　<u>i</u>　　<u>aTung</u>_{樞紐}
[斜格　pilay　　　主格　aTung]

a".*tu- rengarenga-i　　　　pa-Ta-TekeL　　Da　　eLaw
[他.屬格-勸-受事焦點　使役-重疊-喝　　斜格　酒

kan　**pilay**_{主事者}　<u>i</u>　　<u>aTung</u>_{樞紐}
[斜格　pilay　　　主格　aTung]

以下再舉樞紐結構的否定句(如[13a])、及祈使句(如[13b-c])，供讀者參考：

13a. *aDi*　　　tu-rengarenga-i　　　　　pa-TekeL Da　eLaw
[否定詞　他.屬格-勸-受事焦點　使役-喝　斜格 酒

kan　**pilay**_{主事者}　<u>i</u>　　<u>aTung</u>_{樞紐}
[斜格　pilay　　　　主格　aTung]
'pilay 沒勸 aTung 喝酒'

b. rengarenga-i pa-TekeL　Da　eLaw　i　　　aTung_{樞紐}
[勸-受事焦點 使役-喝　斜格 酒　　主格　aTung]
'勸 aTung 喝酒！'

c. *aDi*　　rengarenga-i　　pa-TekeL　　Da　　eLaw
[否定詞　勸-受事焦點　　使役-喝　　斜格　　酒

i　　aTung_{樞紐}
[主格　aTung]
'別勸 aTung 喝酒！'

（3）認知結構

　　卑南語認知結構指的是結構中主要動詞爲 <u>malaDam</u>
‘知道’、<u>kemianger</u> ‘想；記得’、<u>pakupanana</u> ‘相信’、
<u>alengeT</u> ‘懷疑’ 等認知動詞。此類句子中的補語結構是個
完整的句子，當作認知動詞的受詞，其前可由斜格格位
標記 <u>Da</u> 引導之。下面例子括號中所示即爲當作補語的
子句：

14a. <u>malaDam</u>=ku　　　　　　　{Temima　　Da　　ruma
　　　[知道.主事焦點=我.主格.買.主事焦點　斜格　家
　　　i　　　　pilay}
　　　[主格　pilay]
　　　‘我知道 pilay 買了房子’

　b. <u>malaDam</u>=ku　　　　　　　**Da**　{tu-pukpuk-aw
　　　[知道.主事焦點=我.主格　斜格 他.屬格-打-受事焦點
　　　na　　walak　kan　　sigimuLi　ataman}
　　　[主格　小孩　斜格　sigimuLi　昨天]
　　　‘我知道昨天小孩被 sigimuLi 打’

　c. <u>kemianger</u>=ku　　　　　　**Da**　{k-em-udaya=ku
　　　[想.主事焦點=我.主格 斜格 如何-主事焦點- =我.主格
　　　m-uka　　　　i　　　　parangaw}
　　　[主事焦點-去　處所格　台東]
　　　‘我在想如何去台東’

　d. <u>kemianger</u>=ku　　　　　　**Da**　{aru　　sa-la-lepit i
　　　[想.主事焦點=我.主格　斜格　未來式　打-重疊-　主格

　　　ukak　　kan　　　sigimuLi}

　　　[ukak　斜格　　sigimuLi]

　　　'我記得　ukak　明天要打　sigimuLi'

e. pakupanana=ku　　　　　　**Da**　　　{aru　　　sa-la-lepit

　　[相信.主事焦點=我.主格　斜格　　未來式　　打-重疊-

　　i　　　ukak　　kan　　　sigimuLi}

　　[主格　ukak　　斜格　　sigimuLi]

　　'我相信　ukak　將會打　sigimuLi'

f. alengeT=ku　　　　　　　　　　ataman　**Da**

　　[懷疑.主事焦點=我.主格　　　昨天　　　斜格

　　{tu-salpit-ay　　　　　　　i　　　pilay　　kan　　ukak}

　　[他.屬格-打-受事焦點　主格　pilay　斜格　ukak]

　　'我昨天懷疑　ukak　打　pilay'

（4）述說結構

　　最後所要探討的補語結構是含有述說動詞，如
kyumal '問'、temubang '回答'、kema '說'、kayaw '說'
等之結構。這類結構和認知結構相彷，其補語均爲完整
的句子，是一種直接引語。首先，注意述說結構中之動
詞如爲 kyumal '問' 或 temubang '回答' 時，則述說動詞
kema '說' 或 kayaw '說' 可以一起出現，如(15a-c)，也
可以不出現，如(15a')：

15a. {a-uka=yu   i   suwa}   **k-em-a**

[重疊-去=你.主格   處所格   何處   說-主事焦點-

kyumal   kanku   i   pilay

[問.主事焦點 我.斜格 主格 pilay]

'pilay 問我要去哪裡'

a'. kyumal   i   nana-li   kanku   Da

[問.主事焦點 主格   媽媽-我.屬格 我.斜格   斜格

{a-uka=yu   nay i   tayhok}

[重疊-去=你.主格   處所格   台北]

'媽媽問我要不要去台北'

b. {a-uka=ku   i   tayhok}

[重疊-去=我.主格   處所格   台北

k-em-a=*ku*   t-em-ubang   kantaw

[說-主事焦點-   =我.主格 回答-主事焦點-   他.斜格]

'我回答說我要去台北'

c. {a-uka=ku   i   tayhok}

[重疊-去=我.主格   處所格   台北

ku-**ka-yaw**   t-em-ubang   kantaw

[我.屬格-說-受事焦點 回答-主事焦點-   他.斜格]

'我回答說我要去台北'

注意述說動詞 kema '說' 爲主事焦點動詞，但 kayaw 爲
非主事焦點動詞，故例(15b)和(15c)中標示主事者之附著
代名詞（以斜體字標示者），一爲後綴（即爲主格代名

詞），一為前綴（即為屬格代名詞）。不過述說動詞
<u>kema</u> '說(主事焦點)' 和 <u>kayaw</u> '說(非主事焦點)' 可以單
獨出現在述說結構中，而不須再有另一述說動詞，如下
所示：

16a. {sagar=ku　　　　　　　　kan　　pilay} k-em-a

　　　[喜歡.主事焦點=我.主格　斜格　　pilay　　說-主事焦點-

　　　kanku　　i　　　sigimuLi

　　　[我.斜格　主格　　sigimuLi]

　　　'sigimuLi 告訴我說他喜歡 pilay'

　b. {m-uka=ku　　　　　　　i　　　　taypak　　ataman}

　　　[主事焦點-去=我.主格　處所格　　台北　　　昨天

　　　k-em-a　　　　　　i　　　pilay　kanku

　　　[說-主事焦點-　　主格　pilay　我.斜格]

　　　'pilay 告訴我說她昨天去台北'

　c. {kai=ku　　　i　　　barangaw} k-em-a=ku

　　　[去=我.主格　處所格 台東　　　說-主事焦點- =我.主格

　　　i,　　　　kuwatis　　　　na　　wari　　aw

　　　主題標記　壞.主事焦點　　主格　天　　　和

　　　aDi=ku　　　　　　　a-uka

　　　[否定詞=我.主格　　重疊-去.主事焦點]

　　　'我想去台東，可是天氣不好，所以不去了'

　d. {ekan　　　　Da　　kadumu} k-em-a　　　　　i

　　　[吃.主事焦點 斜格　玉米　　說-主事焦點-　　主格

```
    ina     kanku
    [媽媽  我.斜格]
    '媽媽叫我吃玉米'
```

e. {uwa i   tayhok} k-em-a   i   ama
   [去   處所格 台北   說-主事焦點-   主格 爸爸]

   kanku
   [我.斜格]

   (i) '爸爸答應讓我去台北'

   (ii)'爸爸要我去台北'

f. {aDi=ku   a-uka}
   [否定詞=我.主格   重疊-去.主事焦點

   ku-ka-yaw
   [我.屬格-說-受事焦點]
   '我說我不要去了'

g. {a-uka=ku   i   tayhok}
   [重疊-去.主事焦點=我.主格   處所格 台北

   ku-ka-yaw   i   pilay
   [我.屬格-說-受事焦點 主格 pilay]
   '我回答 pilay 說我要去台北'

由上面例子的中譯，我們可以發現述說動詞 <u>kema</u> 在某些情境亦有 '答應、叫、命令' 等意思，如例(16d-e)。

關係子句

一般說來，關係子句可分限定性和非限定性兩種；前者的功能在於修飾另一子句中的某個名詞組（即所謂「中心語」），使聽話者較能辨識該中心語的指稱為何，後者則因其所修飾的中心語之指稱已極明顯，故只是提供聽話者額外訊息，而不是用來幫助聽話者辨識。根據我們之調查，卑南語只有限定性關係子句，而無非限定性關係子句。以下即為卑南語中含限定性關係子句的例子（畫底線者即為被修飾之中心語，在括號中者為關係子句）：

17a. ku-kan-aw　　　　　　la　　　{tu-D-in-eru
　　[我.屬格-吃-受事焦點　助詞　他.屬格-煮-受事焦點-
　　kan　　nana-li}　　　　na　　biTenun
　　[斜格　媽媽-我.屬格　主格　蛋]
　　'我吃了媽媽煮的蛋'

　b. tu-Takaw-aw　　　　　Da　　Tau　　na　　tiliL
　　[他.屬格-偷-受事焦點　斜格　人　　主格　書
　　{nanku　T-in-imaan　　　ataman}
　　[我.屬格　買-受事焦點-　　昨天]
　　'我昨天買的書被偷了'

　c. me-nau=ku　　　　　Da　　Tau　{penu-a-kpuk Da
　　[主事焦點-看=我.主格　斜格　人　　打-重疊-　　斜格
　　walak}
　　[小孩]

‘我看到一個在打孩子的人’

d. matia=ku   Da   m-ekan=ku

[夢見.主事焦點=我.主格 斜格 主事焦點-吃=我.主格

Da   kadumu   {D-in-eru   imaran   kan

[斜格   玉米   煮-受事焦點-   好吃   斜格

ina   muya}

[阿姨   muya]

‘我夢見我吃到 muya 阿姨煮的好吃的玉米’

比較以上四個例子，我們可以發現這被修飾的首語前之格位標記是由其在主要子句中的語法位置來決定，而與其在關係子句中的語法或語意關係無關。例如(17a)中的名詞 biTenun ‘蛋’ 為非主事焦點動詞 kanaw ‘吃’ 之語法主語（其在關係子句中為語意上的受事者，語法上的主語），故其前之格位標記為 na；同樣的，tiliL ‘書’ 在(17b)中為非主事焦點動詞 Takawaw ‘偷’ 之語法主語、關係子句中為語意上的受事者兼語法上的主語，故其前之格位標記為 na。至於(17c)中的 Tau ‘人’ 為主事焦點動詞 menau ‘看’ 之受詞，同時是關係子句中語意上的主事者、語法上的主語，故其前之格位標記為 Da；同樣的，kadumu ‘玉米’ 在(17d)中為主事焦點動詞 mekan ‘吃’ 之受詞，在關係子句中其為語意上的受事者、語法上的主語，故其前之格位標記也是 Da。

在上面四個例子中，中心語均出現在關係子句外，不過根據我們所得之語料，這被修飾的中心語也可能會出現在關係子句中，形成所謂的「無首關係子句」。例子如下：

18a. ku-kan-aw   la   {tu-D-in-eru
     [我.屬格-吃-受事焦點   助詞   他.屬格-煮-受事焦點-
     <u>na</u>   biTenun kan   nana-li}
     [主格 蛋   斜格   媽媽-我.屬格]
     '我吃了媽媽煮的蛋'

  b. me-nau=ku   Da   {penu-a-kpuk
     [主事焦點-看=我.主格 斜格   打.主事焦點-重疊-
     Da   walak <u>Da   Tau</u>}
     [斜格 小孩   斜格   人]
     '我看到一個在打孩子的人'

  b'.me-nau=ku   Da   {penu-a-kpuk
     [主事焦點-看=我.主格   斜格   打.主事焦點-重疊-
     Da   Tau <u>Da   walak</u>}
     [斜格 人   斜格   小孩]
     '我看到一個在打孩子的人'

  c. matia=ku   Da   me-kan=ku
     [夢見.主事焦點=我.主格 斜格 主事焦點-吃=我.主格
     {D-in-eru   imaran   <u>Da</u> kadumu kan   ina
     [煮-受事焦點-   好吃   斜格 玉米   斜格   阿姨

    muya}

    [muya]

    '我夢見我吃到 muya 阿姨煮的好吃的玉米'

 d. miarana   la   {tu-suDip   <u>na</u>

    [生銹.主事焦點 助詞   他.屬格-砍.受事焦點   主格

    <u>aatek</u> Da   kawi   kan   sigimuLi}

    [斧頭 斜格   樹   斜格   sigimuLi]

    'sigimuLi 用來砍樹的斧頭生銹了'

副詞子句

　　副詞子句通常是指一個子句附屬於另一個子句，兩者因而構成了「主從」關係，而且常常會有個連接詞將這兩個子句連結起來。一般說來，副詞子句可因其所標示的語意關係而分成原因子句、結果子句、時間子句、條件子句、目的子句、讓步子句、對比子句等。上述這些副詞子句的結構特色，並不全出現在卑南語的副詞子句中，以下討論之。

　　由於目前我們尚無有關目的子句之語料，故以下不討論。至於含其他副詞子句的結構中，首先我們發現一個共通性，那就是這些結構均利用了主題標記 i 來連結兩個子句。至於其間的差異性，可分述如下：

（1）當結構中除了主題標記 i 連結兩個子句外就沒有其他標記時，其語意較模糊，可能為標示時間、原因

、結果、對比等，需由情境來判斷之；

（2）除了利用了主題標記 i 來連結兩個子句，讓步子句
　　、對比子句和條件子句中均還有另一個連接詞出現
　　，故其語意較清楚；

（3）這個語言似乎並不區分原因子句和結果子句，兩者
　　均由同一結構表示：表原因的子句出現在表結果的
　　子句前，主題標記 i 跟在表原因的子句後。不過這
　　種表因果的結構，主題標記 i 可以不出現，兩個子
　　句間改由對等連接詞 aw 連結之而成為並列結構（
　　稍後討論）。

以下分別舉例說明之。

（1）時間子句

　　如下面例子所示，表時間關係的副詞子句會出現在
句首主題位置，其後跟著主題標記 i：

19a. {ataman a　　　　　karaub　　i,
　　[昨天　　連繫詞　　晚上　　　主題標記
　　d-em-a-dirus=ku　　　　　　　　i,}
　　[重疊-來-主事焦點-　=我.主格　主題標記
　　m-ekan=mu　　　　　　　　Dia
　　[主事焦點-吃=你們.主格　　仍]
　　'昨天晚上我來的時候，你們還在吃飯'

b. {ma-Tangis　　　i　　　aTung　　i̲,}
　[主事焦點-哭　　主格　　aTung　　主題標記
　s-em-alpit　　　　i　　　sigimuLi　kan　　aTung
　[打-主事焦點-　　　主格　　sigimuLi　斜格　aTung]
　'aTung 哭的時候，sigimuLi 就打她'

c. {mu-putek=mu　　　　　　i　　　　tayhok　i̲,}
　[主事焦點-回=你們.主格　處所格　台北　　主題標記
　ka-sa-subeng=ku　　　　　　　　kanu
　[想念.主事焦點-重疊-　=我.主格　你]
　'你們回台北後，我會很想你'

d. {pya=yu　　　　　　　　la　　d-em-eru　　　kan
　[完成.主事焦點=你.主格　助詞　煮-主事焦點-　斜格
　biTenun　i̲,}　　　　ti-kan-aw　　　　　　la
　[蛋　　主題標記　我.屬格-吃-受事焦點　助詞]
　'你煮好雞蛋後，我就吃'

e. {pya　　　　　　la　　m-ekan　　i　　　aTung
　[完成.主事焦點　助詞　主事焦點-吃　主格　aTung
　i̲,}　　　　　　mu-paTaran
　[主題標記　主事焦點-出去]
　'aTung 吃完後，就出去了'

　　不過，有些表時間關係的副詞子句，除了如上面例
子一樣會出現在句首的主題位置，其後跟著主題標記 i
外，句中亦可有明確標示事件先後的詞彙出現，如

<u>pakanguayan</u> 等。<u>pakanguayan</u> 與表空間的詞彙 <u>nguayan</u> '前面' 應有相當的關聯。例子如下：

20a. {*pakanguayan*　**Da**　　　ku-ba-burek-**an**
　　[前　　　　　　斜格　　我.屬格-重疊-離開-名物化

　　<u>i</u>,}　　　　pya=ku　　　　　　la
　　[主題標記　完成.主事焦點=我.主格　助詞

　　maip　　　　　kanDu　kana　tiliL
　　[讀.主事焦點　那　　斜格　書]
　　'在我離開之前，我讀了那本書'

　b. {*pakanguayan*　　**Da**　　ku-ba-burek-**an**
　　[前　　　　　　斜格　我.屬格-重疊-離開-名物化

　　<u>i</u>,}　　　　ti-pasasekaD　　　　　maip
　　[主題標記　我.屬格-完成.主事焦點　讀.主事焦點

　　iDi　na　　tiliL
　　[這　主格　書]
　　'在我離開之前，我會讀完這本書'

　c. {*pakanguayan*　**Da**　　ku-ni-nau-**an**
　　[前　　　　　　斜格　我.屬格-完成貌-看-名物化

　　kantaw　<u>i</u>,}　　　　　mwa-arak=ku
　　[他.斜格　主題標記　　-跳舞.主事焦點=我.主格]
　　'在我看到他之前，我在跳舞'

　　從上面的例子，我們發現在主題句中，標示事件先

後的詞彙 <u>pakanguayan</u> 之後會有斜格格位標記 <u>Da</u>，其
後的動詞則需附加名物化詞綴 <u>-an</u>。

(2) 原因子句

　　如下面例子所示，表原因的副詞子句也會出現在句
首主題位置，其後跟著主題標記 <u>i</u>，而其所標示的語意乃
由情境附予之：

21a. {puliwan=mu　　　　　　i,}　　　　　aDi
　　　[吵.主事焦點=你們.主格　主題標記　否定詞

　　　muai=ku　　　　　alupe
　　　[能.主事焦點=我.主格　睡.主事焦點]
　　　'因為你們很吵，所以我不能睡'

　b. {aDi　　inaba　　　　na　　raLi　　i,}
　　　[否定詞　好.主事焦點　主格　空氣　主題標記

　　　kuaLeng=ku
　　　[生病.主事焦點=我.主格]
　　　'因為空氣不好，所以我生病了'

　c. {maudal　　　　　i,}　　　　　aDi=ku
　　　[下雨.主事焦點　主題標記　否定詞=我.主格

　　　a-uka　　　　　　i　　taksian
　　　[重疊式-去.主事焦點　處所格　學校]
　　　'因為下雨，所以我不要去學校'

（3）讓步子句

　　如同前述的副詞子句，卑南語的讓步子句一樣會出現在句首主題位置，例子如下：

22a. {iDina kirwan　　paDangar　　　i,}　　　　　aDi

[這　　衣服　　　貴.主事焦點　主題標記　否定詞

buLay

[好看.主事焦點]

'雖然這件衣服很貴，可是不好看'

　b. {maitang　　　i　　pilay　　　i,}　　　　　inaba

[老.主事焦點　主格　pilay　　　主題標記　好.主事焦點

tu-TaTek

[他.屬格-身體]

'雖然 pilay 很老，可是她很健康'

　c. {kai=ku　　　　　　i　　　　barangaw

[去.主事焦點=我.主格　處所格　台東

k-em-a=ku　　　　　　　　i,}　　　kuwatis

[說-主事焦點-　=我.主格　　主題標記　壞.主事焦點

na　　wari aw aDi=ku　　　　　　a-uka

[主格 天　和　否定詞=我.主格　　重疊-去.主事焦點]

'雖然我想去台東，可是天氣不好，所以不去了'

　　除了有主題主題標記 i 外，讓步子句的句首也可以有詞彙 ara（其語意目前仍不清楚）引導，如下面例子所

示：

23a. **ara**　　ma-ulepa=ku　　　　　　i,

　　　[　　主事焦點-累=我.主格　　　主題標記

　　　a-uka=ku

　　　[重疊-去=我.主格]

　　　'雖然我累，我也要去'

　b. **ara**　　mabangabang=ku　　　　la　　i,

　　　[　　忙.主事焦點=我.主格　　　助詞　主題標記

　　　ka-la-lupe=ku

　　　[睡-重疊-　=我.主格]

　　　'雖然我(現在)忙，我也要睡'

　c. **ara**　ka-bang-abang=ku　　　　　la　　i,

　　　[　　忙.主事焦點-重疊-=我.主格　助詞　主題標記

　　　ka-la-lupe=ku

　　　[睡-重疊-　=我.主格]

　　　'雖然(以後)我將很忙，我也要睡'

（4）對比子句

　　不同於時間子句和讓步子句，卑南語的對比子句並
不出現在句首主題位置，而是出現在句中另一子句之後
。不過這兩子句間一樣有主題標記 i，而對比子句由
muna 所引導（muna 之語意目前仍不清楚，只知其出現
會使前後兩個子句呈現一種強烈對比）。舉例所示：

24a. iDina　kirwan paDangar　　　i,　　　　**muna** aDi

[這　　衣服　貴.主事焦點　主題標記　　　否定詞

buLay

[好看.主事焦點]

'雖然這件衣服很貴，可是不好看'

b. maitang　　　　　i　　pilay　i,　　　　**muna**

[老.主事焦點　　主格　pilay　主題標記

inaba　　　　tu-TaTek

[好.主事焦點 他.屬格-身體]

'雖然 pilay 很老，可是她很健康'

（5）條件子句

如前面所討論的副詞子句，卑南語含條件子句的結構中，一樣有主題標記 i，不過因其所表示的假設分成可能發生或不可能發生兩種，句中的連接詞也因而不同。比較下面例子：

25a. **kan**　　maudal　　　　　　i　　　　aDi=ku

[如果　下雨.主事焦點　主題標記　否定詞=我.主格

Da-Duwa

[重疊-來]

'如果下雨，我就不來'

b. **kan**　ma-Tangis=yu　　　　Dia i,

[如果　主事焦點-哭=你.主格　仍　主題標記

ti-salipit-ay=yu

[我.屬格-打-受事焦點=你.主格]

'如果你再哭，我就打你'

26a. **an** aayam=ku i̲, aru

[如果 小鳥=我.主格 主題標記 未來式

u-a-bii=ku

[飛.主事焦點-重疊- =我.主格]

'如果我是小鳥，我要飛'

a'.*kan** aayam=ku i̲, aru

[如果 小鳥=我.主格 主題標記 未來式

u-a-bii=ku

[飛.主事焦點-重疊- =我.主格]

b. **an** mi-paysu=ku ataman i̲,

[如果 主事焦點-帶錢=我.主格 昨天 主題標記

ku-Tima-ay la iDuna ruma

[我.屬格-買-受事焦點 助詞 那 房子]

'如果我昨天有錢，我就買了那間房子'

b'.?**kan** mi-paysu=ku ataman i̲,

[如果 主事焦點-帶錢=我.主格 昨天 主題標記

ku-Tima-ay la iDuna ruma

[我.屬格-買-受事焦點 助詞 那 房子]

比較上面的例子，我們發現當句首為連接詞 kan 時，似

乎這假設情況尚有可能發生，如(25a-b)；但若假設的是絕對不可能發生的情形時，則條件子句要使用連接詞 an 來引導，如(26a-b)。

並列結構

卑南語並列結構是由連接詞 aw 連結兩個對等子句，例子如下：

27a. tu-a-'apak-an　　　　　　　Da　Dinaleg　na
[他.屬格-重疊-裝-受事焦點 斜格　飯　　主格
wataw aw tu-a-'apakan　　Da irupan na　kaysin
[大碗 和　他.屬格-重疊-裝 斜格 菜　　主格 小碗]
'大碗是要被裝飯，小碗是要被裝菜'

　b. tu-salpitay　　　　　　i　pilay kan　ukak　aw
[他.屬格-打-受事焦點 主格 pilay 斜格　ukak　和
tu-salpit-ay　　　　　　kan temamataw i　　ukak
[他.屬格-打-受事焦點 斜格 爸爸　　　主格 ukak]
'ukak 打了 pilay 後，爸爸就打 ukak'

　c. tu-salpit-ay　　　　　i　　pilay kan　ukak　aw
[他.屬格-打-受事焦點 主格　pilay 斜格 ukak　和
tu-salpit-ay　　　　　i　　aTung kan　　ukak
[他.屬格-打-受事焦點 主格　aTung 斜格　ukak]
'ukak 打了 pilay 後，又打 aTung'

d. maudal　　　　　aw　aDi=ku　　　　　m-uka

[下雨.主事焦點　和　否定詞=我.主格　　主事焦點-去

i　　　　taksian

[處所格　學校]

‘因為下雨，所以我沒去學校’

e. maudal　　　　aw aDi=ku　　　　　a-uka

[下雨.主事焦點 和 否定詞=我.主格 重疊-去.主事焦點

i　　　　taksian

[處所格　　學校]

‘因為下雨，所以我不要去學校’

f. sabeLaw=ku　　　　aw a-uka=ku

[餓.主事焦點=我.主格 和 重疊-去.主事焦點=我.主格

m-ekan-a

[主事焦點-吃-　]

‘因為我餓了，所以我要去吃’

g. unian=ku　　　　　Da　　paysu　aw

[沒有=我.主格　　　斜格　錢　　和

kalamalaman=ku

[可憐.主事焦點=我.主格]

‘因為我沒有錢，所以很可憐’

h. kai=ku　　　　　　　　i　　　　barangaw

[去.主事焦點=我.主格　　處所格　　台東

k-em-a=ku　　　　　　　　i,　　　　kuwatis

[說-主事焦點-　=我.主格 主題標記 壞.主事焦點

na　wari　aw　aDi=ku　　　　a-uka

[主格 天　　和　否定詞=我.主格 重疊-去.主事焦點]

'我想去台東，可是天氣不好，所以不去了'

　　除了利用連接詞 aw 外，對等並列結構中亦可有其他連接詞，例句如下：

28a. tu-salepiT-ay=ku　　　　　　　aw **Dyama**

　　[他.屬格-打-受事焦點=我.主格　和　所以

　　ma-Tangis=ku

　　[主事焦點-哭=我.主格]

　　'因為他打我，所以我哭了'

　b. aDi=yu　　　　　m-a-ekan　　　　　aw **Dyama**

　　[否定詞=你.主格　主事焦點-重疊-吃 和　所以

　　aDi=yu　　　　　muai　　　　maTina

　　[否定詞=你.主格　能.主事焦點　大.主事焦點]

　　'因為你不吃飯，所以長不大'

　c. kemaDini=ku　　　　　la　aw **Dyama**

　　[如此.主事焦點=我.主格 助詞　和　所以

　　m-uka=ku　　　　　i　　taipak

　　[主事焦點-去=我.主格 處所格　台北]

　　'因為這樣，所以我去台北'

第 **5** 章

卑南語的長篇語料

　　以下兩則卑南故事是由吳賢明牧師所提供的，是發生在兩個兄弟，兩個為卑南族人視為英雄的兄弟身上的故事。

一、miaDua a maLewadi '兩個兄弟'

1. asua　Dia　i,　　　　　kaDu　　　　a　　　miaDua　a
   [當　　仍　　主題標記　有.主事焦點　主格　兩　　　　連繫詞
   maLewadi　k-em-a　　　　　i
   [兄弟　　　說-主事焦點-　主題標記]
   '很久以前，據說有兩個兄弟'

2. an　karauraub i,　　　　　m-uka　　　　dar
   [當　晚上　　　主題標記　主事焦點-去　經常性

T-em-akawa　　Datu　　　asepan　　　Da　　pa'yan
[偷-主事焦點- 他們的　甘蔗　　斜格　阿美族]
'晚上他們經常去偷阿美族的甘蔗'

3. aw　an　aru　　a-uka　　　　　i　　　　"kuyk,
[和　當　未來式　重疊-去.主事焦點　主題標記　kuyk
kuyk,　kuyk"　k-em-a
[kuyk　kuyk　　說-主事焦點-]
'當他們就要偷(甘蔗)時，他們會模彷(小狐狸的叫聲)
說："kuyk,kuyk,kuyk"'

4. aw　m-uka　　　la　　　dar　　k-em-a　　　　aw
[和　主事焦點-去　　助詞　經常性　說-主事焦點-　和
marua　　　　la　　　k-em-a　　　i
[會.主事焦點　助詞　　說-主事焦點-　主題標記]
'然後他們就能順利地(去偷甘蔗)'

5. na　　　pa'pyan　i　　　　　"amanay　na
[主格　阿美族　　主題標記　誰　　　　主格
ma-La-Lak　　　　kana　　asepan ?" amawaw
[主事焦點-重疊-拿 斜格　　甘蔗
k-em-a
[說-主事焦點-]
'至於阿美族人，他們告訴彼此說："正拿著甘蔗的人是
誰？"'

6. aw tu-abu-ay   nantu pakakalangan
[和 他們.屬格-撒灰塵-受事焦點 他的   路

ma-Lak   i
[主事焦點-拿   主題標記]
‘他們把灰塵撒在路上，直到甘蔗被拿的地方’

7. aw tu-nau-ay   Da semaLuwaLuwan
[和 他們.屬格-看-受事焦點 斜格 早上

i
[主題標記]
‘第二天早上他們就去看’

8. kaDu tu-dapal   kana   inabuan   i
[有   他.屬格-腳   斜格   在灰塵上   主題標記

a   Tau   k-em-a
[主格   人   說-主事焦點-]
‘在灰塵上有一些腳印，是人的腳印’

9. aw an karauraub i   “kuyk, kuyk, kuyk
[和 當 晚上   主題標記 kuyk   kuyk   kuyk

ngeTu”   k-em-a
[折斷(甘蔗)聲   說-主事焦點-]
‘在晚上阿美族人聽到叫聲：“kuyk, kuyk, kuyk”，然後
就聽到(甘蔗的)折斷聲’

10.aw tu-uka-aw   na’way i   kaDu
  [和 他.屬格-去-受事焦點   主題標記 有

ma-a-Lak　　　　　kana　asepan　aw
[主事焦點-重疊-拿 斜格　甘蔗　　和
tu-DimuT-aw　　　　　　i
[他.屬格-抓-受事焦點　主題標記]
'當他們去看時，他們發現那個拿著甘蔗的(小偷)，就
把他抓住'

11.amau na　mara-nak k-em-a　　　　aw
[是　主格 較-年輕　說-主事焦點-　和
tu-likut-aw　　　　　　　kana pa'pyan
他們.屬格-包圍-受事焦點 斜格　阿美族]
'(原來)是弟弟，阿美族人把他包圍起來'

12.aw tu-pakan-ay　　　　Da uled Da Tai Da
[和　他.屬格-餵-受事焦點 斜格 蟲　斜格 大便 斜格
unan Damanay Dia k-em-a
[蛇　甚麼　　仍　說-.主事焦點-]
'(而且)餵他蟲、大便、蛇等等'

13.aw i　　　ba'-taw　　i　　　merisris Da
[和 主題標記 兄弟-他的 主題標記　　　斜格
TaLi Da beLakas　　aw semanga Da tuap
[繩子 斜格 長.主事焦點 和　　　斜格 風箏
aw m-uka　　i-maka-ami kana enay
[和 主事焦點-去 往-北　　斜格 水]
'他哥哥做了一條繩，一個風箏，(然後)往河流北邊去'

14.aw　tu-tuapan-ay　　　　　　　　na　　tuap　　aw

[和　他.屬格-放風箏-受事焦點　主格　風箏　和

tiluan-ay　　　　　Da　　barasa

[結繩-受事焦點　斜格　石頭]

'(他)放風箏，(然後)把風箏結在石頭上'

15.aw　tu-pakting-ay　　　　　Da　　syutu　aw

[和　他.屬格-綁-受事焦點　斜格　刀　　和

tu-pa-Tepa-Tepa-anay　　　　　kanantu　wadi

[他.屬格-瞄準-重疊- -工具焦點　他的　　弟弟]

'(他)把刀子綁在風箏上，(然後)瞄準他的弟弟'

16.aw　paTepa　　　　　i　　　　makasaT　i

[和　瞄準.主事焦點　主題標記　上面　　　主題標記

kure-kiting　　nantu　wadi

[掛.主事焦點　他的　弟弟]

'(風箏)就在(弟弟)上面，(然後弟弟)就吊在(風箏)上'

17.aw　tu-putani-aw　　　　　na　　suytu　i

[和　他.屬格-丟-受事焦點　主格　刀　　主題標記]

'(弟弟)丟刀子'

18.tu-paTepa-ay　　　　　　　a　　　babayan　a

[他.屬格-瞄準-受事焦點　主格　　女人　　連繫詞

babel　i　　　　mupareTuak　　tu-tiaL

[懷孕　主題標記　切開.主事焦點　　他.屬格-肚子

k-em-a

[說-主事焦點-]

'據說他瞄準一個懷孕女人，切開她的肚子'

19.aw i   ba'-taw   i   tu-pu-dare

[和 主格 哥哥-他的 主題標記 他.屬格-使役-在地上

-aw   nantu   wadi

[-受事焦點 他的   弟弟]

'他哥哥把他放在地上'

20.i   maka-ami kana enay i   saLaw

[往-北   斜格 水   主題標記 非常

beTeker   tu-tiaL

[滿.主事焦點   他.屬格-肚子]

'在河的北邊，弟弟的肚子很漲'

21.(Da)   p-in-akan-an   Damanay Dia Da

[斜格 餵-完成貌- -受事焦點 甚麼   仍   斜格

kaduaresiresi

[噁心]

'(別人)餵他吃的東西很噁心'

22.aw   tu-keDeng-aw   m-uka   i,

[和 他.屬格-拉-受事焦點 主事焦點-去 主題標記

barebe aw tu-paDelyalya-aw   k-em-a

[平原 和 他.屬格-使嘔吐-受事焦點 說-主事焦點-

i

[主題標記]

'他被(哥哥)拉到平原上去嘔吐'

23. mupaTaran　　　amanay Dia a　　kaduaresiresi

[出來.主事焦點 甚麼　　仍　主格 噁心

k-em-a

[說-主事焦點-]

'所有噁心的東西都吐出來了'

24. aw　naDu　na　　　maLewadi　i

[和　那些　連繫詞　兄弟　　　主題標記

m-uka-a　　　kan　temue-taw

[主事焦點-去- 斜格 祖父母-他們的]

'那兩個兄弟就去他們祖父那裡'

25. aw "niam a Tepuaw na　　pa'pyan k-em-a

[和 我們　摧毀　　主格 阿美族　說-主事焦點-

=mi　　　　i　　　niam a　kudakudaaw emu"

[=我.主格們 主題標記 我們　　如何　　　祖父母

k-em-a　　　　kan　temue-taw　　　　i

[說-主事焦點- 斜格 祖父母-他們的　主題標記]

'他們告訴他們的祖父說："我們要摧毀阿美族人，我
們要如何做？"'

26. "ta-puay-ay　　　　　　kana　gemingging kana

[咱們.屬格-放-受事焦點　斜格　地震　　　　斜格

aremenganan" k-em-a　　　　i　　　temue-taw

[黑暗　　　　說-主事焦點-　主格　祖父母-他的]

'他們的祖父說："讓咱們把地震及黑暗降臨在阿美人身上罷！'

27.naDu　na　maLewadi i,　　　　"an kemaDu emu

[那些　主格　兄弟　　　主題標記 若　如此　　祖父母

i　　kaulid=mi　　　Danu　ruma

[主題標記 不知道=我們.主格　你的　房子]

'兄弟說："如果我們照祖父說的去做，我們將無法知道哪一間房子是您的"'

28."aw pusingsingani i　　tingting palius nanu ruma

[和　鈴響　　　處所格 屋簷　周圍　你的 房子

naniam kalalaDaman　an mudare　　　　na

[我們的　知道.主事焦點　當 放在地上.主事焦點　主格

aremenganan"

[黑暗.主事焦點]

'"所以在你的屋簷下掛鈴，那麼當黑夜降臨時，我們就會知道(那是你的房子)"'

29.aw s-em-unggal　i　　lauD i　　temue-taw

[和 朝拜-主事焦點- 處所格 東　主格 祖父-他的

i,　　　mudare　　　　na　aremanganan

[主題標記　放在地上.主事焦點　主格 黑暗.主事焦點

i,　　　unian la Da kawi Da marum
[主題標記 不存在 助詞 斜格 木材 斜格 乾燥.主事焦點]
'他們祖父向東朝拜，黑暗就降臨，也就沒有乾的木材'

30. aw naDu na maLewadi i,
[和 那些 主格 兄弟 主題標記
tu-parakap-aw na kawi
[他.屬格-觸摸-受事焦點 主格 木材]
'兩兄弟就用觸摸地去找木材'

31. aw na litek i, a baaw
[和 主格 冷.主事焦點 主題標記 主格 生的]
'冷的木材是濕的'

32. na aDi litek i, a marum
[否定 冷.主事焦點 主題標記 主格 乾燥.主事焦點
k-em-a
[說-主事焦點-]
'不冷的木材是乾的'

33. aw na pa'pyan i, malaDam Dia
[和 主格 阿美族 主題標記 知道.主事焦點 仍
kiakawi
[搜集木材.主事焦點]
'阿美族人知道如何搜集木材'

34.aw naDu na　maLewadi i,　　　　"mu　　a,
[和 那些 主格 兄弟　　　主題標記 祖父

malaDam　　　　Dia parakap　　　Datu
[知道.主事焦點 仍　觸摸.主事焦點 他的

kababaawan na　　pa'pyam" k-em-a
[謀生之物　主格 阿美族　說-主事焦點-]

'兩兄弟說："祖父，阿美族人知道如何尋找謀生之
物"'

35."ta-puayay　　　　　　la　　kana gemingging"
[咱們.屬格-降臨.受事焦點 助詞　斜格 地震

k-em-a　　　　i　　　temue-taw
[說-主事焦點-　主格　祖父-他的]

'祖父說："讓咱們把地震降臨到他們身上！"'

36.aw s-em-unggal　　　i　　　lauD　　i,
[和 朝拜-主事焦點-　處所格 東　　主題標記

mudare　　　　　　na　　gemingging
[放在地上.主事焦點 主格　地震]

'他們向東朝拜，地震就來了'

37.aw naDu na　maLewadi i,　　　　an
[和 那些 主格 兄弟　　　主題標記 當

m-uka　　　　k-em-aua　　　　　i
[主事焦點-去　搜集木材-主事焦點-　主題標記

tu-kilengaw-ay　　　　　na　　　pasaLingsing

[他.屬格-聽-受事焦點　主格　　鈴聲

aw　malaDam　Datu　ruma　kan　temue-taw

[和　他的　　　斜格　房子　斜格　祖父-他的]

'當兩兄弟去撿木材時，他們聽到鈴聲，就知道祖父的
房子在哪裡'

38.aw　na　gemingging i,　　　mararil　　　la

[和　主格　地震　　　主題標記　延續　　　　助詞

an　uninan　an　aremeng

[當　白天　　當　晚上]

'地震從早上延續到晚上'

39.aw　na　　　tatukuD　i,　　　bias　　　　la

[和　主題標記　柱子　　主題標記　熱.主事焦點　助詞

Dantu　　pinaisaisan

[他們的　摩擦]

'由於摩擦，柱子就變熱了'

40.aw　mabengbeng　i,　　　para-beiT　　　la

[和　　　　　　　主題標記　使役-燒.主事焦點　助詞

na　pa'pyan　aw　muTepu　na　pa'pyan

[主格　阿美族　和　摧毀　　主格　阿美族]

'柱子被燒毀了，阿美族人被火包圍、被摧毀了'

41.aw　nantu　ruma　kan　temue-taw　i,　　　aDi

[和　他的　房子　斜格　祖父-他的　主題標記　仍

mabeiT

[燒.主事焦點]

‘他們祖父的房子被燒毀了’

42.musama　　　　sasaya　k-em-a

[存留.主事焦點　一　　　說-主事焦點-]

‘這是惟一留下的(房子)’

二、pubiyaw [獻祭]

1. a　pararagan kana Takuban na　　maLewadi i,

[　建築　　　斜格 聚會所　主格 兄弟　　　主題標記

"aDi　　pa-ka-kalang"　　　k-em-a　　　kana Tau

[否定詞 經過.主事焦點-重疊-　說-主事焦點- 斜格　人]

‘當兩個兄弟在建築聚會所時，他們對其他人說：“不要
經過這裡！”’

2. "an　　ma-kalang　　　　na　　Tau　i,

[假如　主事焦點-經過　主格　人　　主題標記

tatanged-mi"　　　k-em-a　　　　i,

攻擊=我們.主格　　說-主事焦點-　主題標記]

‘他們說：“假如有人經過這裡，我們會攻擊他到死爲
止”’

3. i   temama-taw i,   "a-uka=ku
[主格 父親-他的   主題標記 重疊-去.主事焦點=我.主格

Dia   me-naua   Datu   Takuban   Daku   walak"
[仍   主事焦點-看 他們的 聚會所   我的   小孩

k-em-a
[說-主事焦點-]

'他們的父親說："我將去看我孩子的聚會所"'

4. aw m-uka-a   i,   maDeki   naDu na
[和 主事焦點-去- 主題標記 罵.主事焦點 那些   主格

maLewadi
[兄弟]

'(父親)去那裡，兩兄弟就罵他'

5. aw tu-tengeD-ay   i,   amau i
[和 他.屬格-攻擊-受事焦點   主題標記 是   主格

temama-taw
[父親-他的]

'他們所攻擊的人就是他們的父親'

6. marua k-em-a   i   maTipu
[後來   說-主事焦點-   主題標記 跛腳.主事焦點

na   maranak
[主格 年輕.主事焦點]

'在那之後，據說弟弟就變成跛腳了'

7. aw   an tu-kuadakudakuday-aw i,   aDi
[和 當 他.屬格-治療-受事焦點 主題標記   否定詞

muai   inaba
[要   好.主事焦點]

'他用各種方法試著去治療，可是都沒有醫好'

8. maLak   Da rukuD Da basikaw   aw
[拿.主事焦點 斜格 長桿   斜格 竹子   和

tu-resukanay   na   basikaw i   dadare
[他.屬格-插.非主事焦點 主格 竹子   處所格 地上]

'他拿起一根長的竹桿，插在地上'

9. maDanga   a   takyu i,   maulid
[停留.主事焦點 主格 鳥名 主題標記 不知道.主事焦點

marengay
[說.主事焦點]

'一隻 takyu (鳥名)停留在竹子上，但不會說話'

10.aw maDanga   na   sirut i   arii
[和 停留.主事焦點 主格 鳥名 主題標記 快.主事焦點

Datu mararuni aw   maulid-ta
[他的 呼叫   和   不知道.主事焦點-咱們

kilengaw
[聽.主事焦點]

'一隻 sirut (鳥名)停留，但它的呼叫太快，所以我們
無法了解'

11.likuDakuDan na   Tekuir maDanga   i,

[後來   主格 鳥名   停留.主事焦點 主題標記

"Tekuir Tekuir Tekuir pana ura   pubiyaw"

[Tekuir Tekuir Tekuir 箭   鹿   獻祭

k-em-a   mararuni   i,

[說-主事焦點-   呼叫.主事焦點   主題標記]

'後來一隻 tekuir (鳥名)停留，它的叫聲說："tekuir,
 tekuir, tekuir，箭、鹿、獻祭！"'

12.malaDam   la   naDu na   maLewadi

[知道.主事焦點 助詞 那些   主格 兄弟

m-uka   i   Taun aw   miura

[主事焦點-去   處所焦點   草   和   獵鹿.主事焦點

i

[主題標記]

'然後兩兄弟就了解；他們就去草野中獵鹿'

13.tu-kerang-aw   aw pubiyaw   i,

[他.屬格-烤-受事焦點 和 獻祭.主事焦點 主題標記

payas mukelayaT   tu-kukuD kana maranak

[馬上 伸直.主事焦點 他.屬格-腿   年輕.主事焦點]

'(他們)烤(鹿)，向神獻祭，很快的，弟弟的腿就伸直
了'

14.aw amau na marbua   la   nanta kakuaanan

[和 是   主格 開始.主事焦點 助詞 咱們的 風俗

malalegi　　　i　　　ruma

[拜.主事焦點　處所格　家]

‘這是我們在家裡祭拜的風俗之開始’

15.aw　amau　na　pubiyaw=ta　　　　la

[和　是　　主格　獻祭.主事焦點=咱們.主格　助詞

dar　　　　　Danta　ruma　k-em-a

[經常性動作　咱們的　家　　說-主事焦點-]

‘這就是爲甚麼我們要在家裡獻祭’

第 **6** 章

卑南語的基本詞彙

　　本章所提供的為卑南語常用的基本詞彙；以下按其漢譯之筆畫多寡排列之。

【國語】	【英語】	【卑南語】

一劃

一	one	sa
一百	one hundred	sa Leman

二劃

七	seven	pitu
九	nine	iwa
二	two	Dwa
人	person	Tau
八	eight	waLu
十	ten	puLu

【國語】	【英語】	【卑南語】

三劃

三	three	tuLu
下面	below; beneath	idare
上面	above; up	isaT
大山	(big) mountain	Denan
大的	big	maTina
大腿	leg	pa'a
女人	woman	babayan
小山	(small) mountain	tengal
小的	small	makiteng
小孩	child	walak
小溝中的水	water in small ditch	kaLi
小腿	calf	peri
山豬	pig	babuy
山雞；雉	pheasant	tikuras

四劃

弓	bow	ariaDan
五	five	Lima
六	six	nem
切	cut	salteb
天	sky	Langit
太陽	sun	kadaw

【國語】	【英語】	【卑南語】
心	heart	marududu
手	hand	Lima
手肘	elbow	siku
月	month	buLan
月亮	moon	buLan
水	water	enay
火	fire	apuy
(你的)父親	father (reference)	temama
(我的)父親	father (reference)	namali
牙齒	tooth	wali

五劃

兄；姊	older sibling	ba
去	go	muka
右邊	right	tarawalan
四	four	pat
左邊	left	tarawiri
打	beat	pukpuk
打呵欠	yawn	emayay
打開	open	Temual
打雷	lightening	DemruDerung
打嗝	belch	emerab
打穀	thresh	semalpit

【國語】	【英語】	【卑南語】
打獵	hunt	emalup
(你的)母親	mother (reference)	taina
(我的)母親	mother (reference)	nanali
甘蔗	sugarcane	aspan
生的	raw	baaw
田	farm; field	esan
田鼠	rat	kuLabaw
甲狀腺腫	goiter	bu'ur
白天	day	uninan
皮膚	skin	LubiT
石	stone	barasa

六劃

名字	name	ngaLad
吃	eat	mekan
回答	answer	temubang
地；土	earth	dare
多少(人)	how many	miasama
多少(物)	how many	munuma
好的	good	inaba
尖的	sharp	miLudus
年	year	ami
死的	dead	minaTay

【國語】	【英語】	【卑南語】
灰	ashes; dust	abu
竹子	bamboo	basikaw
竹筍	sprout; bamboo shoot	seLu
米	husked rice	beras
羊	goat; sheep	siri
耳朵	ear	TangiLa
肉	bone	bua
肉(可食)	flesh	paTaka
肋骨	ribs	baLaba
臼	mortar	tabi
血	blood	damuk
衣服	clothes	kiruan

七劃

作夢	dream	matia
你	thou	yu; yuyu
你們	you (plural)	mu; muimu
冷的	cold	litek
卵	egg	biTenun
吹	blow	iyup
吸	suck	sirup
坐	sit	matengaDaw
屁	fart	bawang
尿	urine	isi

【國語】	【英語】	【卑南語】
弟；妹	younger sibling	wadi
我	I	ku; kuik
我們	we(exclusive)	mi; mimi
抓	scratch	DimuT
村莊；部落	village	Dekal
男人	man	mainayan
肝	liver	rami
肚子；腹	belly	tial
芋頭	taro	buir
走	walk	kawang
那個	that	iDu
乳房	breasts	susu
來	come	aLamu;Duwa

八劃

呼吸	breathe	engaD
夜晚	night	karaub
抱	hug	re'ere
朋友(女人說的)	friend	anay
朋友(男人說的)	friend	aLi
果實	fruit	bua
枝	branch	saaD
林投；鳳梨	pineapple	panguDal

【國語】	【英語】	【卑南語】
松鼠	squirrel	but
松樹	pine tree	balias
杵	pestle	rasuk
河流；海岸	river	inayan
爸爸	father (address)	ama
狗	dog	suan
知道	know	malaDam
肺	lung	kunbuan
肥	fat; grease	imar
近的	close	adalep
長矛	spear	kutang
長的	long	belakas
雨	rain	udal

九劃

前面	front	ngunguayan
厚的；粗的	thick	keTebe
咬	bite	karaT
咱們	we(inclusive)	ta; taita
屎	excreta	Tai
屋子	house	ruma
屋頂	roof	saub
後面	back	LikuDan

【國語】	【英語】	【卑南語】
借入	borrow	kibuLas
借出	lend	paburas
哭	cry; weep	maTangis
害怕	fear	ingdang
家豬	boar	liung
射	shoot	kemuangu
拿	take	aLak
根	root	rami
烤	roast	kemerang
笑	laugh	saeru
草	grass	TaLun
蚊子	mosquito	samekan
豹	leopard	Likulaw
酒	wine	eraw
配偶	spouse	kataguin
針	needle	daum
閃電	thunder	meLekiLekip
骨	skin	ukak

十一劃

乾的	dry	marum
乾淨的	clean	buLay
做工	work	kikarun
偷	steal	Temakaw
唱	sing	semenay
殺死	kill	pinaTay
眼睛	eye	maTa

【國語】	【英語】	【卑南語】
挖	dig	kereT
指	point at	tuDu
星星	star	Tiur
洗(衣服)	wash (clothes)	base
洗(盆子)	wash (dishes)	sabsab
洗(澡)	wash (bathe)	dirus
活的	alive	mubaaw
看	see	menau
砂	sand	budek
穿山甲	ant-eater; pangolin	arem
胃	stomach	biTuka
苦的	bitter	apelil
虹	rainbow	aLiwanes
重的	heavy	aluDun
風	wind	baLi
飛	fly	mubii
飛鼠	flying squirrel	anawan
香菇	mushroom	baliw
香蕉	banana	belbel

十劃

蛇	snake	unan
這個	this	iDi

【國語】	【英語】	【卑南語】
陷阱	trap	peTir
魚	fish	kuraw
鳥	bird	ayam
鹿	deer	ura

十二劃

喝	drink	TemekeL
帽子	hat	kabung
游	swim	temalasu
煮	cook	Demeru
猴子	monkey	Lutung
番刀	sword	taDaw
短的	short	likeTi
等候	wait	mengara
筋	vein	uraT
給	give	beray
菜	vegetable	irupan
買	buy	Tima
跑	run	kabekas
跌倒	fall	kuretapela
跛腳	lame; crippled	maTipu
雲	cloud	kuTem
飯渣	side dishes	Tinga

【國語】	【英語】	【卑南語】

十三劃

傷口	wound	buLi
嗅	smell	Temaul
媽媽	mother (address)	ina
新的	new	bekaL
暗的	dark	aremeng
溺	drown	mulaud
煙	smoke	aseban
痰	saliva	iLe
禁忌	taboo	kalegian
腳	foot	dapal
葉	leaf	bira
跟隨	follow	kurenang
路	road	daLan
跳	jump	menekun
跳舞	dance	muarak
鉤	hook	pangasip
飽的	satiated	beTeker

十四劃

嘔吐	vomit	Delya
摸	pat	apelas
漂流	adrift; flow	laud

【國語】	【英語】	【卑南語】
熊	bear	Tumay
睡	sleep	alupe
睡(在床上)	sleep (in bed)	mieDeng
蓆子	mat	leap
蒼蠅	fly	ngangaLaw
語言；話	language	ngai
說	talk	marengay
輕的	light	apewap
遠的	far	adawil
餌	bait	apapakan
鼻子	nose	tingran

十五劃以上

嘴	mouth	ingdan
敵人	enemy	ala
熟的	ripe	maDeru
熱的	hot	bias
稻	rice	Lumay
箭	arrow	pana
線	thread	waLay
膝蓋	knee	sungaL
蔬菜	vegetables	kuLang
蝨卵；白色的卵	nit	lisa

【國語】	【英語】	【卑南語】
誰	who	i manay
賣	sell	niwan
醉	drunk	maLiay
舖蓆子	lay mat	meleap
樹木；木柴	tree; wood	kawi
樹林	forest	kawikawian
燒	burn	mubaiT
篩	thresh	bitay
螞蝗	leech	wili
貓	cat	ngiaw
頭	head	Tanguru
頭目(世襲的)	chief	yawan
頭目(被選的)	chief	ragan
頭蝨	head louse	kuTu
頭髮	hair	arebu
龜	turtle	Dyaranga
濕的	wet	daLeken
縫	sew	Tai
膽	gall	apedu
臉	face	Tangar
薄的	thin	salsal
鴿子	pigeon	tutur
黏的	adhere	daleu

【國語】	【英語】	【卑南語】
擲	throw	atelan
檳榔	betel-nut	puran
織布	weave	tenun
舊的	old	beLTengan
藏	hide	lased
蟲；蛆	worm; maggot	uLed
雞	chicken	turekuk
額	forehead	kaTung
壞的	bad	kuatis
繩子(粗)	rope (big)	tuasu
繩子(細)	rope (thin)	tatiLu
關上	close	emaleb
籐	rattan	iaw
露	dew	uLas
聽	hear	kilengaw
髒的	dirty	kariksiksis; kadursirsi
鰻	eel	tula

卑南語的參考書目

丁邦新

    1978　<古卑南語的擬測>《中研院史語所集刊》第
        49卷第3分，頁321-392。

李壬癸 (Li, Paul Jen-Kuei)

    1992　《台灣南島語言的語音符號系統》。台北：教
        育部教育研究委員會。

    1995　<台灣南島語言的分布和民族的遷移>，《第
        一屆台灣語言國際研討會論文選集》，頁 1-
        16。台北：文鶴出版有限公司。

    1996　《宜蘭縣南島民族與語言》。宜蘭：宜蘭縣政
        府。

    1997　《台灣南島民族的族群與遷徙》。台北：常民
        文化事業有限公司。

利格拉樂‧阿烏及程士毅

    1996　《1997原住民文化手曆》。台北：常民文化
        事業有限公司。

曾建次

1993 <卑南族知本部落口傳歷史及神話傳說(上)>
《山海文化雙月刊》創刊號,頁138-146。

1994a <卑南族知本部落口傳歷史及神話傳說(下)>
《山海文化雙月刊》第二期,頁142-148。

1994b <卑南族神話傳說中的人與自然——兼及原住民
之文化調適>《山海文化雙月刊》第六期,頁
88-99。

黃秀敏 (譯)、李壬癸 (編審)

1993 《台灣南島語言研究論文日文中譯彙編》。台
東:國立台灣史前博物館。

Cauquelin, Josiane

1991 The puyuma language. *Journal of the Royal
Institute of Linguistics and Anthropology*
147:17-60.

Ferrell, Raleigh (費羅禮)

1969 *Taiwan Aboriginal Groups: Problems in
Cultural and Linguistic Classification.*
Institute of Ethnology, Academia Sinica,
Monograph 17. Taipei: Academia Sinica.

Huang, Lillian M., et al. (黃美金等)

1998 A typological overview of nominal case
marking systems of Formosan languages. In

Selected Papers from ISOLIT-II, 23-49. Taipei: National Taiwan University.

1999a Interrogative constructions in some Formosan languages. In *Chinese Languages and Linguistics V: Interactions in Language*, 639-680. Taipei: Academia Sinica.

1999b A typological study of pronominal system of Formosan languages. In *Essays from the Fifth International Conference on Chinese Languages*. Hsinchu: National Tsing Hua University.

Ogawa, Naoyoshi and Asai Erin (小川尚義、淺井惠倫)

1935 *The Myths and Traditions of the Formosan Native Tribes* 《台灣高砂族傳說集》. Taihoku: Taihoku Teikoku Daigaku Geng-gaku Kenkyu Shitsu.

Sprenger, Arnold

1971 The numberals of the Puyuma language. *Fu-Jen Studies* 4: 49-60.

1972 Overt construction markers in Puyuma. In Tang, Tung, Jung and Wu (eds) *Papers in Linguistics in Honor of A. A. Hill* 133-145.

Starosta, Stanley (帥德樂)

    1988 A grammatical typology of Formosan languages. *Bulletin of the Institute of History and Philology*, 59.2: 541-576. Taipei: Academia Sinica.

    1995 A grammatical subgrouping of Formosan languages. In Li, Tsang and Tsand and Huang (eds.) *Papers for International Symposium on Austronesian Studies Relating to Taiwan (ISASRT)*, 21-55. Taipei: Academia Sinica.

    1997 Formosan clause structure: transivity, ergativity, and case marking. In Tseg Chiu-yu (ed.) *Chinese Languages and Linguistics, IV: Typological studies of Languages in China*. Symposium Series of the Institute of History and Philology, Academia Sinica, No. 2. Taipei: Academia Sinica.

Suenari, Michio

    1969 Preliminary report on the Puyuma language (Rikabung dialect). *Bulletin of the Institute of Ethnology* 27: 141-160.

Tan, Cindy Ro-lan (譚若蘭)

    1997 *A Study of Puyuma Simple Sentences*. Taipei:

National Taiwan Normal University MA thesis.

Teng, Stacy Fang-ching (鄧芳青)

　　1997　*Complex Sentences in Puyuma*. Taipei: National Taiwan Normal University MA thesis.

Tsuchida, Shigeru (土田滋)

　　1980　Puyuma (Tamalakaw dialect) vocabulary with grammatical notes and texts (in Japanese). In Kuroshio Bunka no Kai [Black Current Cultures Committee) (ed) *Kuroshio no Minzoku, Bunka, Gengo [Ethnology, Cultures and Languages Along the Black Current]*, 183-307. Tokyo: Institute for the Study of Languages and Cultures of Asia and Africa, Tokyo University of Foreign Studies.

　　1995　Alienable and inalienable distinction in Puyuma? In Li, et al., eds., *Austronesian Studies Relating to Taiwan*, 793-804. Taipei: Academia Sinica.

Yeh, Marie M., et al. (葉美利等)

　　1998　A preliminary study on the negative constructions in some Formosan languages. *Proceedings of the Second International*

Symposium on Languages in Taiwan, 79-110. Taipei: The Crane Publishing Co.

Zeitoun, Elizabeth, et al. (齊莉莎等)

1996　The temporal/aspectual and modal systems of the Formosan languages: a typological perspective. *Oceanic Linguistics* 35: 21-56.

1999　Existential, possessive, and locative constructions in Formosan languages. *Oceanic Linguistics* 38: 1-42.

【附件】

台灣南島語碩博士論文書目

　　以下介紹至 1999 年止，國內外有關台灣南島語言研究的碩、博士論文書目，希望能提供給台灣原住民及關心原住民語言保存、發展之學者專家們作參考。

一、博士論文

(一) 英文撰寫

Asai, Erin (淺井惠倫)

    1936 *A Study of the Yami Language: An Indonesian Language Spoken on Botel Tobago Island.*《蘭嶼雅美語研究》 Leiden: University of Leiden Ph.D. dissertation.

Chang, Yung-li (張永利)

    1997 *Voice, Case and Agreement in Seedeq and Kavalan.*《賽德克語和噶瑪蘭語的語態、格位與呼應》 Hsinchu: National Tsing Hua University Ph.D. dissertation.

Chen, Teresa M. (陳蓉)

    1987 *Verbal Constructions and Verbal Classification in Nataoran-Amis.*《阿美語的動詞結構與分類》 (=*Pacific Linguistics C-85*) Canberra: Research School of Pacific Studies, the Australian National University. (University of Hawaii Ph.D. dissertation)

Holmer, Arthur J.

    1996 *A Parametric Grammar of Seediq.*《賽德克語參數語法》 Sweden: Lund University Press. (Travaux de l'Institut de linguistique de Lund

Ph.D. dissertation)

Hsu, Hui-chuan (許慧娟)

1994 *Constraint-based Phonology and Morphology: A Survey of Languages in China.*《制約音韻與構詞：中國語言概觀》 San Diego: University of California at San Diego Ph.D. dissertation.

Li, Paul Jen-kuei (李壬癸)

1973 *Rukai Structure.*《魯凱語結構》(= *Institute of History & Philology, Special Publication, No. 64*). Taipei: Academia Sinica. (University of Hawaii at Manoa Ph.D. dissertation)

Jeng, Heng-hsiung (鄭恆雄)

1977 *Topic and Focus in Bunun.*《布農語的主題、主語與動詞》(= *Institute of History & Philology, Special Publication, No. 72*) Taipei: Academia Sinica. (University of Hawaii at Manoa Ph.D. dissertation)

Marsh, Mikell Alan (馬兒史)

1977 *The Favorlang-Pazeh-Saisiat Subgroup of Formosan Languages.*《費佛朗、巴則海、賽夏語群》 Washington State University Ph. D dissertation.

Rau, Der-hwa Victoria (何德華)

　　1992 *A Grammar of Atayal*.《泰雅語法》Taipei: The Crane Publishing Co. (Cornell University Ph.D. dissertation)

Shelley, George L. (謝磊翹)

　　1978 *Vudai Dukai: The Languages, Its Context, and Its Relationships*.《魯凱霧台的語言、情境及其關係》The Hartford Seminary Foundation Ph.D. dissertation.

Tsuchida, Shigeru (土田滋)

　　1976 *Reconstruction of Proto-Tsouic Phonology*.《鄒語群的古音韻擬測》(= *Study of Languages and Cultures of Asia and Africa, Monograph Series No. 5*). Tokyo: Tokyo Gaikokugo Daigaku. (Yale University Ph.D. dissertation)

Tu, Wen-chiu (杜玟萩)

　　1994 *A Synchronic Classification of Rukai Dialects in Taiwan: A Quantitative Study of Mutual Intelligibility*.《台灣魯凱方言的分類：語言互通的量化研究》Illinois: University of Illinois at Urbana-Champaign Ph.D. dissertation.

Wright, Richard Albert

1996 *Consonant Clusters and Cue Preservation in Tsou.*《鄒語輔音群和線索保存》Los Angeles: UCLA Ph.D. dissertation.

Zeitoun, Elizabeth (齊莉莎)

1995 *Issues on Formosan Linguistics.*《台灣南島語言學議題》Paris, France: Universite Denis Diderot Ph. D. dissertation (Paris 7).

(二) 德文撰寫

Egli, Hans (艾格里)

1990 *Paiwangrammatik.*《排灣語法》 Wiesbaden, Germany.

Szakos, Jozsef (蔡恪恕)

1994 *Die Sprache der Cou: Untersuchungen zur Synchronie einer austronesischen Sprache auf Taiwan.*《鄒語共時語法研究》 Bonn: University of Bonn. Ph.D. dissertation.

二、碩士論文

(一) 中文撰寫

張仲良 (Chang, Chung-liang)

  1996 《賽德克語疑問詞的研究》(*A Study of Seediq Wh-words*)。新竹:清華大學碩士論文。

陳傑惠 (Chen, Jie-hui)

  1996 《賽德克語中原地區方言否定詞初探》(*A Preliminary Study on Negation in Seediq*)。新竹:清華大學碩士論文。

顏志光 (Yan, Zhi-kuang)

  1992 《阿美語的語法結構──參與者與事件的研究》(*Syntactic Structure of Amis: A Study of Participants and Events*)。台北:政治大學碩士論文。

楊秀芳 (Yang, Hsiu-fang)

  1976 《賽德語霧社方言的音韻結構》(*The Phonological Structure of the Paran Dialect of Sedeq*),(=《中央研究院歷史語言研究所集刊》47.4: 611-706)(台灣大學碩士論文)。

(二) 日文撰寫

Hirano, Takanori (平野尊識)

  1972 *A Study of Atayal Phonology.*《泰雅音韻》Japan: Kyushu University MA thesis.

Tsukida, Naomi (月田尚美)

    1993　《阿美語馬太安方言的動詞詞綴》。

Nojima, Mokoyasu (野島本泰)

    1994　《布農語南部方言的動詞結構》。

(三) 英文撰寫

Chang, Hsiou-chuan A. (張秀絹)

    1992 *Causative Constructions in Paiwan.*《排灣語使動結構研究》 Hsinchu: National Tsing Hua University MA thesis.

Chang, Melody Ya-yin (張雅音)

    1998 *Wh-constructions and the Problem of Wh-movement in Tsou.*《鄒語疑問詞結構與疑問詞移位現象之探討》 Hsinchu: Tsing Hua University MA thesis.

Chen, Cheng-fu (陳承甫)

    1999 *Wh-words as Interrogatives and Indefinites in Rukai.*《魯凱語疑問詞用法》 Taipei: National Taiwan University MA thesis.

Chen, Hui-ping (陳慧萍)

    1997 *A Sociolinguistic Study of Second Language Proficiency, Language Use, and Language*

Attitude among the Yami in Lanyu.《台東縣蘭嶼鄉雅美族第二語言能力、語言使用型態及語言態度之調查》 Taichung: Providence University MA thesis.

Ho, Arlene Yue-ling (何月玲)

1990 *Yami Structure: A Descriptive Study of the Yami Language.*《雅美語結構》Hsinchu: National Tsing Hua University MA thesis.

Huang Ya-jiun (黃亞君)

1988 *Amis Verb Classification.*《阿美語動詞分類》Taipei: Fu Jen Catholic University MA thesis.

Kuo, John Ching-hua (郭青華)

1979 *Rukai Complementation.*《霧台話的補語結構》 Taipei: Fu Jen Catholic University MA thesis.

Lambert, Mae Wendy

1999 *Epenthesis, Metathesis and Vowel-Glide Alternation: Prosodic Reflexes in Mabalay Atayal.*《增音、音段移位、及元音和半元音轉換：泰雅語的節律反映》Hsinchu: National Tsing Hua University MA thesis.

Lee, Pei-rong (李佩容)

1996 *The Case-marking and Focus System in Kavalan.*《噶瑪蘭語的格位與焦點系統》 Hsinchu: National Tsing Hua University MA thesis.

Lin, Ching-jung (林青蓉)

1992 *The Paiwan Imperative.*《排灣語祈使句結構》 Hsinchu: Tsing Hua University MA thesis.

Lin, Hsiu-hsu (林修旭)

1996 *Isbukun Phonology: A Study of Its Segments, Syllable Structure and Phonological Processes.* 《布農語東埔方言音韻研究》 Hsinchu: Tsing Hua University MA thesis.

Lin, Ju-en (林主恩)

1996 *Tense and Aspect in Kavalan.*《噶瑪蘭語的時貌系統》 Hsinchu: Tsing Hua University MA thesis.

Liu, Dorinda Tsai-hsiu (劉彩秀)

1999 *Cleft Constructions in Amis.*《阿美語分裂結構》 Taipei: National Taiwan University MA thesis.

Shih, Louise (施玉勉)

1996 *Yami Word Structure.*《雅美語構詞》 Taichung:

Providence University MA thesis.

Sung, Margaret Mian Yan (嚴綿)

1969 *Word Structure of the Kanakanavu Language.*《卡那卡那富語詞結構》Cornell University MA thesis.

Tan, Cindy Ro-lan (譚若蘭)

1997 *A Study of Puyuma Simple Sentences.*《卑南語簡單句探究》Taipei: National Taiwan Normal University MA thesis.

Teng, Stacy Fang-ching (鄧芳青)

1997 *Complex Sentences in Puyuma.*《卑南語複雜句結構》Taipei: National Taiwan Normal University MA thesis.

Tseng, Chiou-yuh (曾秋玉)

1987 *Atayal Verb Classification.*《泰雅語動詞分類》Taipei: Fu Jen Catholic University MA thesis.

Wang, Samuel H. (王旭)

1976 *The Syllable Structures of Fataan Amis.*《阿美語馬太安方言的音節結構》Taipei: National Taiwan Normal University MA thesis.

Wu, Joy Jing-lan (吳靜蘭)

1994 *Complex Sentences in Amis.*《阿美語複雜句結構探究》 Taipei: National Taiwan Normal University MA thesis.

Yeh, Meili (葉美利)

1991 *Saisiyat Structure.*《賽夏語結構》 Hsinchu: National Tsing Hua University MA thesis.

Zeitoun, Elizabeth (齊莉莎)

1992 *A Syntactic and Semantic Study of Tsou Focus System.*《鄒語焦點與格位標記研究：語法與語意》 Hsinchu: National Tsing Hua University MA thesis.

專有名詞解釋

三劃

小舌音 (Uvular)

　發音時，舌背接觸或接近軟顎後的小舌所發的音。

工具焦點 (Instrument focus)

　焦點之一種，句中的文法主語為事件的工具參與者，在台灣南島語中，通常以 s- 或 is- 標示，常與「受惠者焦點」的標記同；參「焦點系統」。

四劃

互相 (Reciprocal)

　用以指涉表相互關係的詞，如「彼此」。

元音 (Vowel)

　發音時，聲道沒有受阻，氣流可以順暢流出的音，並且可以單獨構成一個音節。

分布 (Distribution)

　一個語言成份出現的環境。

反身 (Reflexive)

　複指句子中其他成份的詞，例如「他認為自己最好」一

句中的「自己」。

反映 (Reflex)

直接由較早的語源發展出來的形式。

五劃

引述動詞 (Quotative verb)

用以表達引述的動詞，後面常接著引文，例如「他說『…』」中的動詞「說」。

主事者 (Agent)

在一事件中，扮演執行該事件之語意角色。

主事焦點 (Agent focus)

焦點之一種，句中的文法主語為事件的主事者或經驗者等；在台灣南島語中，通常以 m- 或 -um- 標示；參「焦點系統」。

主動 (Active voice)

動詞的語態之一，選擇動作者或經驗者為主語，與之相對的為「被動語態」。

主題 (Topic)

指一個句子所討論的對象。在台灣南島語言中，主題通常出現在句首，且會有主題標記。

代名詞系統 (Pronominal system)

用以替代名詞片語的詞。可區分為人稱代名詞，如「我、你、他」；指示代名詞，如「這、那」；或疑問代名詞，

如「誰、什麼」等。

包含式代名詞 (Inclusive pronoun)

第一人稱複數代名詞的形式之一，其指涉包含說話者和聽話者，如國語的「咱們」。

可分離的領屬關係 (Alienable possession)

領屬關係的一種，被領屬的項目與領屬者的關係為暫時性的，非與生俱有的，如「我的筆」中的「筆」和「我」；與之相對的為「不可分離的領屬關係」（inalienable possession）。

可指示的 (Referential)

具有指涉實體之功能的。

目的子句 (Clause of purpose)

表目的的子句，如「為了…」。

六劃

同化 (Assimilation)

一個音受到其鄰近音的影響，而變成與該鄰近音相同或相似的音。

同源詞 (Cognate)

不同語言間，語音相似、語意相近，歷史上屬同一語源的詞彙。

回聲元音 (Echo vowel)

重複鄰近音節的元音，而把原來的音節結構 CVC 變成

CVCV。

存在句結構 (Existential construction)

表示某物存在的句子。

曲折 (Inflection)

區分同一詞彙不同語法範疇的型態變化。如英語的 have
與 has。

有生的 (Animate)

名詞的屬性之一，用以涵蓋指人及動物的名詞。

自由式代名詞 (Free pronoun)

可獨立出現的代名詞，其在句中的分布通常與名詞(組)
相似；與之相對的為「附著式代名詞」。

舌根音 (Velar)

舌根接觸或接近軟顎所發出來的音。

七劃

刪略 (Deletion)

在某個層次原先存在的成份，經由某些程序或變化而消
失。例如，許多語言的輕音節元音在加上詞綴後，會因
音節重整而被刪略。

助詞 (Particle)

具有語法功能，卻無法歸到某一特定詞類的詞。如國語
的「嗎」、「呢」等。

含疑問詞的疑問句 (Wh-question)

問句之一種，以「什麼」、「誰」、「何時」等疑問詞詢問的問句。

完成貌 (Perfective)

「貌」的一種，指事件發生的時間被視為一個整體，無法予以切分；與之相對的為「非完成貌」(Imperfective)。

八劃

並列 (Coordination)

指在句法上地位相等的兩個句子成份，如「青菜和水果都很營養」中的「青菜」與「水果」。

使役 (Causative)

某人或某物造成某一事件之發生，可以透過特殊結構、動詞或詞綴來表達。

受事者 (Patient)

在一事件中，受到動作影響的語意角色。

受事焦點 (Patient focus)

焦點之一種，句中的文法主語為事件的受事者；在台灣南島語中，通常以 -n 或 -un 標示；參「焦點系統」。

受惠者焦點 (Benefactive focus)

焦點之一種，句中的文法主語為事件的受惠者，在台灣南島語中，通常以 s- 或 is- 標示，常與「工具焦點」的標記同；參「焦點系統」。

呼應 (Agreement)

指存在於一特定結構兩成份間的相容性關係，通常藉由詞形變化來表達。如英語主語為第三人稱單數時，動詞現在式須加 -s，以與主語的人稱及單複數呼應。

性別 (Gender)

名詞的類別特性之一，因其指涉的性別區分為陰性、陽性與中性。

所有格 (Possessive)

標示領屬關係的格位，與屬格（Genitive）比較，所有格僅標示領屬關係，而屬格除了標示領屬關係外，尚可用以標示名詞的主從關係。

附著式代名詞 (Bound pronoun)

無法獨立出現，必須附加於另一成份的代名詞；與之相對的為「自由式代名詞」。

非完成貌 (Imperfective)

「貌」的一種，動作或事件被視為延續一段時間，持續或間續發生；與之相對的為「完成貌」。

九劃

前綴 (Prefix)

指加在詞前的詞綴，如英語 unclear 中表否定的 un-。

南島語系 (Austronesian languages)

指分布在太平洋和印度洋島嶼中，北起台灣，南至紐西蘭，西至馬達加斯加，東至南美洲以西之復活島的語言，

約有一千二百多種語言。

後綴 (Suffix)

附加在一詞幹後的詞綴，如英語的 -ment。

指示代名詞 (Demonstrative pronoun)

標示某一指涉與說話者等人遠近關係的代名詞，如「這」表靠近，「那」表遠離；參「代名詞系統」。

是非問句 (Yes-no question)

問句之一種，利用「是」或「不是」來作回答。

衍生 (Derivation)

構詞的方式之一，指詞經由加綴產生另一個詞，如英語的 work 加 -er 變成 worker。

重音 (Stress)

一個詞中，念的最強的音節。

音節 (Syllable)

發音的單位，通常包含一個母音，可加上其他輔音。

十劃

原因子句 (Causal clause)

用以表示原因的子句，如「我不能來，因為明天有事」一句中的「因為明天有事」。

原始語 (Proto-language)

具有親屬關係的語族之源頭語言。為一假設、而非真實存在之語言。

時制 (Tense)

　　標示事件真正發生的時間、與說話時間兩者間之相對關係的語法機制，可分為「過去式」（事件發生時間在說話時間之前）、「現在式」（事件發生時間與說話時間重疊）、「未來式」（事件發生時間在說話時間之後）。

時間子句 (Temporal clause)

　　用來表示時間關係的子句，如「當...時」。

格位標記 (Case marker)

　　標示名詞(組)語意角色或語法功能的符號。

送氣 (Aspirated)

　　某些塞音發音時的一種特色，氣流很強，如國語的/ㄆ/(p^h)音即具有送氣的特色。

十一劃

副詞子句 (Adverbial clause)

　　扮演副詞功能的子句，如「我看到他時，會轉告他」一句中的「我看到他時」。

動詞句 (Verbal sentence)

　　以動詞作為謂語的句子，與之相對的為「名詞句」或「等同句」。

動態動詞 (Action verb)

　　表示動作的動詞，與之相對的為靜態動詞。

參與者 (Participant)

指涉及或參與一事件中的個體。

專有名詞 (Proper noun)

用以指涉專有的人、地等的名詞。

捲舌音 (Retroflex)

舌尖翻抵硬顎前部或齒齦後的部位而發的音。如國語的
/ㄓ、ㄔ、ㄕ/。

排除式代名詞 (Exclusive pronoun)

第一人稱複數代名詞的形式之一，其指涉不包含聽話
者；參「包含式代名詞」。

斜格 (Oblique)

用以涵蓋所有無標的格或非主格的格，相對於主格或賓
格。

條件子句 (Conditional clause)

表條件，如「假如...」的子句。

清化 (Devoicing)

指濁音因故而發成清音的過程。如布農語的某些輔音在
字尾會清化，比較 huud [huut] 「喝 (主事焦點)」與
hudan「喝 (處所焦點)」。

清音 (Voiceless)

發音時聲帶不振動的輔音。

被動 (Passive)

語態之一，相對於主動，以受事者或終點為主語。

連動結構 (Serial verb construction)

複雜句的一種，含兩個或兩個以上的動詞，無需連詞而並連在一起。

陳述句 (Declarative construction)

用以表達陳述的句子類型，相對於祈使與疑問句。

十二劃

喉塞音 (Glottal stop)

指聲門封閉然後突然放開而發出的音。

換位 (Metathesis)

兩個語音次序互調之程。比較布農語的 ma-tua「關 (主事焦點)」與 tau-un「關 (受事焦點)」。

焦點系統 (Focus system)

在南島語研究上，指一套附加於動詞上，用以標示句中主語語意角色的詞綴。通常有「主事焦點」、「受事焦點」、「處所焦點」、「工具/受惠者焦點」等四組之分。

等同句 (Equational sentence)

句子型態之一，又稱「名詞句」，其謂語與主語的指涉相同，如「他是張三」一句中的「他」與「張三」；與之相對的爲「動詞句」。

詞序 (Word order)

句子或詞組成份中詞之先後次序，有些語言詞序較爲自由，有些則固定不變。

詞根 (Root)

指詞裡具有語意內涵的最小單位。

詞幹 (Stem)

在構詞的過程中,曲折詞素所附加的成份,可以是詞根本身、詞根加詞根所產生的複合詞、或詞根加上衍生詞綴所產生的新字。

詞綴 (Affix)

構詞中,只能附加於另一詞幹而不能單獨存在的成份,依其附著的位置可區分為前綴（prefixes）、中綴（infixes）與後綴（suffixes）三種。

十三劃

圓唇 (Rounded)

發音時,上下唇收成圓形而發的音,如 /u/ 音。

塞音 (Stop)

發音時,氣流完全阻塞後突然打開,讓氣流衝出而發的音,如 /p/ 音。

塞擦音 (Affricate)

由塞音和擦音結合而構成的一種輔音。發音時,氣流先完全阻塞,準備發塞音,解阻時以擦音發出,例如英語的 /tʃ/、國語的 /ㄘ/ (ts)。

滑音 (Glide)

發音時舌頭要滑向或滑離某個位置,如 /w/ 或 /y/音,經常會作為過渡而發的音。

十四劃

違反事實的子句 (Counterfactual clause)

　　條件子句的一種，所陳述的條件與事實不符，如「早知道，就不來了」一句中的「早知道」。

實現狀 (Realis)

　　指已發生或正在發生的事件。

構擬 (Reconstruction)

　　指依據比較具有親屬關係之語言現存的相似特徵，重建或復原其原始語的過程。

貌 (Aspect)

　　事件內在的結構的文法表徵，可分為「完成貌」、「起始貌」、「非完成貌」、「持續貌」與「進行貌」。

輔音 (Consonant)

　　發音時，在口腔或鼻腔中形成阻塞或狹窄的通道，通常氣流被阻擋或流出時可明顯的聽到。

輔音群 (Consonant cluster)

　　出現在同一個音節起首或結尾的相連輔音，通常其組合會有某些限制，例如英語音節首最多只允許 3 個輔音同時出現。

領屬格 (Genitive case)

　　表達領屬或類似關係的格位。

十五劃以上

樞紐結構 (Pivotal construction)

　　複雜句結構的一種，其第一個子句的賓語，同時扮演第二個子句之主語。如國語「我勸他戒煙」一句中，「他」是第一個動詞「勸」的賓語，同時也是第二個動詞「戒煙」的主語。

複雜句 (Complex sentence)

　　由一個以上的子句所構成的句子。

論元 (Argument)

　　動詞要求的語法成份，如在「我喜歡語言學」一句中，「我」及「語言學」為動詞「喜歡」的兩個論元。

齒音 (Dental)

　　發音時舌尖觸及牙齒所發出的音，例如英語的 /θ/ /ð/ 等音。

濁音 (Voiced)

　　指帶音的輔音，發音時聲帶會振動，與之相對的為「清音」。

謂語 (Predicate)

　　語法功能分析中，扣除主語的句子成份。

選擇問句 (Alternative question)

　　問句之一種，回答為多種選項中之一種。

靜態動詞 (Stative verb)

表示狀態的動詞，通常不能有進行式，如國語的「快樂」。

擦音 (Fricative)

發音方式的一種，發音時，器官中兩部分很靠近但不完全阻塞，留下窄縫，讓氣流從縫中摩擦而出，例如國語的 /ㄙ/ (s)。

簡單句 (Simple sentence)

只包含一個動詞的句子。

顎化 (Palatalization)

指非硬顎部位的音，在發音時，舌頭因故往硬顎部位提高的過程。如英語 tense 中的 /s/ 加上 ion 後，受高元音 /i/ 影響讀爲 /ʃ/。

關係子句 (Relative clause)

對名詞組的名詞中心語加以描述、說明、修飾的子句，如英語 "The girl who is laughing is beautiful" 一句中，"who is laughing" 即爲關係子句。

聽話者 (Addressee)

說話者講話或交談的對象。

顫音 (Trill)

發音時，利用某一器官快速拍打或碰觸另一器官所發出的音。

讓步子句 (Concessive clause)

表讓步關係，例如國語中，由「雖然…」、「儘管…」所引介的子句。

索　引

國家圖書館出版品預行編目資料

卑南語參考語法／黃美金作. —初版. —臺北
市：遠流, 2000〔民89〕
　　面；　　公分. —（臺灣南島語言；10）
參考書目：面
含索引
ISBN 957-32-3896-9（平裝）

1. 卑南語

802.9965　　　　　　　　　　　89000077